Antholo̹

damit

Hrsg. Magret Kindermann

ANTHOLOGIE

damit

HRSG. MAGRET KINDERMANN

Inhaltswarnungen auf Seite 107

© Magret Kindermann, Eisenach 2021

Covergestaltung: Magret Kindermann
Illustrationen: Magret Kindermann, Unsplash
Buchsatz: Catherine Strefford
Lektorat: Magret Kindermann
Herstellung und Verlag: BoD – Books on Demand,
Norderstedt
ISBN: 978-3-754348-64-2

Inhalt

Vorwort

In meinem Leben gab es einige große Momente. Vielleicht sogar Erlebnisse, aus denen man ein Buch machen könnte, sogar einen Film oder eine Serie mit drei Staffeln. Zwar habe ich nicht gegen Mutationen gekämpft, ein Land aus dem Krieg geführt oder herausgefunden, dass ich eigentlich Prinzessin bin, aber ich hab was zu erzählen.

Zum Beispiel liebe ich die Geschichte, wie ich Autorin wurde. Diese fängt mit einem Mann aus Israel an und wir verliebten uns, als hätte man zwei Magnete in einen Rucksack geworfen und sie könnten nicht anders, als sich zwischen Heftern und Kleinkram durchzuwühlen, um sich endlich aneinanderzuklammern. Wir hatten schon ausgeklügelt, wie wir unsere Leben gemeinsam verbringen könnten, da trennte er sich auf die abfälligste Weise von mir: Er ghostete mich. Entgegen jeden Ratschlägen meiner Lieblingsmenschen flog ich nach Tel Aviv, um mir den Korb abzuholen. Es lief nicht gut und ich musste feststellen, dass der Mann, dem ich so einen großen Vertrauensvorschuss gab, nicht einmal wert darauf legte, gut mit mir Schluss zu machen. Dieses Erlebnis war ein Katapult, denn durch den Herzschmerz erkannte ich, dass ich zuhause nichts hatte, was ich mag. Ich hatte nichts zu verlieren und das war mein großes Glück. Denn hätte ich es gemütlich gehabt, hätte ich wahrscheinlich nichts riskieren wollen. Nach der Kündigung meines verhassten Jobs gab ich mir ein Jahr, um ein Buch zu schreiben. Das war die eine Sache, die ich immer mal tun wollte. Nebenbei fand ich den Weg zurück zu mir selbst.

Zu dieser Zeit berührte mich dieses Erlebnis natürlich sehr, ich brachte kaum Essen herunter und brauchte lange, um wieder einen Sinn für mich zu finden. Heute verbinde ich keinerlei Gefühle mehr damit. Die Geschichte ist eine Anekdote, die der Unterhaltung dient, die aber nicht Teil eines guten Gesprächs ist. Denn was für mich ein Gespräch gut macht, ist der Austausch von scheinbar unscheinbaren Momenten, die uns voreinander offenbaren. Es sind die Erkenntnisse, die wir aus den alltäglichen Routinen und Handlungen ziehen. Sie zeigen uns den Menschen hinter der Fassade, hinter den großen Geschichten und erst dann können wir unser Wesen nicht mehr verstecken, weder vor anderen noch vor uns selbst.

Ein paar Monate nach dem abgeholten Korb erlebte ich noch etwas Großes, von dem ich noch nie jemandem erzählt habe, das aber noch immer auf meinen Tagen liegt wie ein warmer Umhang. Ich habe es kurz danach aufgeschrieben, was wohl half, die Erinnerung daran so frisch zu halten:

Zuerst gab es nur Atemzüge, die den Raum füllten. Die Lungenflügel füllten sich mit frischer Luft und gaben diese wieder frei. Nach einer Pause wiederholte sich der Vorgang, ruhig, ohne die Not des Zeitgefühls.

Dann kamen andere Empfindungen, stückweise schoben sie sich in mein Bewusstsein, ohne mich zu bedrängen. Das grobe Leinen, das meinen Körper überall dort berührte, wo Unterhose und T-Shirt nicht mehr hinreichten. Eine Bewegung in der frischen Luft, die bedeutete, dass das Fenster offen war. Die nach Kieselstein riechende Stirn meiner Katze, die sich gegen meine Nase drückte.

Ich war in der süßesten Zwischenwelt zwischen Schlaf und Erwachen, gleitete von einem Zustand in den anderen, ohne einen ganz zu verlassen. Ich wusste, wer ich war, ich war eine reine, erfüllte Version meiner selbst und wenn ich daran zurückdenke, dann beeindruckt mich vor allem die Leichtigkeit dessen. Etwas, das es in diesem Moment nicht gab, war die Zeit. In seiner Endlichkeit war der Augenblick unendlich und das gab mir die Chance, ihn ohne Hektik zu betrachten.

Mein Körper lag seitlich im Halbkreis, meine Katze schmiegte sich gestreckt an mich und schlief lautstark. Redende, glucksende Geräusche wimmerten über ihre Schnauze dicht an meinem Kopf und ich konnte an ihren zuckenden Bewegungen ihre Träume lesen. Luft und Leinen umhüllten uns und noch immer gab es nur den Raum und mich. Trotz meiner Menschlichkeit hatte ich nicht dessen Verfall, mein Körper hätte der eines Kindes oder der einer alten Frau sein können. Sorgenlos lag ich ungeschützt in diesem Moment. Ich fühlte mich gut.

Die Zeit kam gewaltvoll zurück, presste die Luft aus meinen Lungen und prügelte mich zurück in den Ist-Zustand: „Das hier bist du!", schrie sie, „du kannst nicht nur Atmen, wer glaubst du, wer du bist, dass du solche Privilegien hast, nichts zählt ohne mich, ich bin alles!" Mir schwindelte. Angstschweiß schoss aus meinen Poren und nach Luft schnappend lag ich in der Dunkelheit, hellwach und schutzlos. Meine Katze hatte sich beleidigt aufgesetzt und starrte mich mit finsteren Augen an. Das Leben ging weiter. Mit erzwungen langsamen Atemzügen mein Herz beruhigend schaute ich auf die Uhr: Es war vier Uhr und elf Minuten.

Wir können uns wohl alle einig sein, dass kaum etwas passiert ist. Meine Katze und ich lagen nachts im Bett und ich dämmerte vor mich hin. Tatsächlich aber war das der Beginn meiner Suche nach Ruhe. Denn ich hatte gesehen, wer ich wirklich bin, und wie leicht es ist, wirklich zu sein. In diesem Moment hatte ich mich so erlebt, wie ich mir vorstelle, wie das Universum mich sieht. Alles konzentriert auf ein versammeltes Gefühl. Ich war ein Leben und hatte nur diese Aufgabe: zu sein. Und dieses wunderschöne, zufriedene Wesen, das im Bett auf der Seite lag, ist leider noch weit entfernt von mir selbst, die viel zu oft die Stille, die sie wissentlich vermisst, mit Youtube-Videos beschallt und sich noch immer ständig fragt, ob sie sich wieder einen Pony schneiden sollte, obwohl sie schon vor zehn und auch vor fünf Jahren feststellte, dass so ein Teil nur an anderen Menschen gut aussieht. Ich will das nicht. Den Pony und die selbstauferlegte Unruhe.

All das und noch mehr kann in den kleinen, alltäglichen Geschichten stecken, die ich in großen Romanen so oft vermisse. Denn sie machen die Figuren zu Menschen mit ihren Perspektiven und Eindrücken. *Slice of Life*, wie dieses unterschätzte Genre heißt, schenkt uns in der Hektik von Krimis und Thrillern und Romance und all den anderen handlungsgetriebenen Büchern einen Moment der Ruhe und der Wahrheit. Und in diese wertvollen Offenbarungen entführen uns die Autor*innen dieser Anthologie.

Magret Kindermann
Eisenach, August 2021

VANESSA GLAU

Unter der Wäscheleine

Als ich sie hinten im Schrank fand, kehrte alles zurück, als hätte ich mich unter einen eiskalten Wasserfall gestellt: schwarze Männershorts, der Form nach Eigentum eines schlanken, aber gut bestückten Mannes. Er musste sie vergessen haben, was in trunkenen Nächten schon mal passiert.

Ich stopfte sie zu meiner Wäsche in die Maschine und hängte sie später auf dem Balkon auf, wo der Wind sie zum Leben erweckte. Meine T-Shirts flatterten vorwurfsvoll in der Brise, die zu jeder Zeit durch die Häuserschluchten seufzte, als hätte ich sie verraten. Aber was hätte ich denn tun sollen? Unwillkürlich begann ich, mich vor der Wäscheleine zu rechtfertigen.

»Ich gebe ja zu, dass es dumm von mir war. In fünf Monaten habe ich genug nachgedacht, um zu wissen, dass wir nichts gemeinsam hatten. Aber ich habe es mir gewünscht. Es ist schwer, Wünsche abzuschütteln.«

Es ist schwer, nicht unmöglich, hörte ich sie flüstern.

Ich lehnte mich an das Geländer und betastete die Zigarettenpackung im Blumentopf, ohne eine herauszunehmen. »Es ist schwer. Ich wollte den Moment genießen und die Zukunft vergessen, genau wie er.«

Verleugnen: nur ein anderes Wort für denselben

Zustand. Ich drehte ihn noch eine Weile hin und her, versuchte, andere Worte für zwei Seiten einer Münze zu finden, bis die Erinnerung mich erschöpft hatte. Nach einem letzten Blick auf den Himmel – unverändert blau – ging ich wieder in die Wohnung, spielte ein wenig mit den Katzen und stellte ihnen Futter hin.

Gegen drei schnappte ich meinen Mantel und warf noch einen kurzen Blick auf den Balkon, bevor ich die Wohnungstür hinter mir zuzog. Ich litt unter der unbestimmten Angst, dass die Shorts verschwinden könnten, wenn ich gerade nicht hinsah, aber draußen auf der Straße wurden meine Schritte leichter.

Ich war zu früh im Café und las in meinem Buch, bis er hereinkam. Wie üblich bestellte er einen großzügigen Espresso zu meinem Milchkaffee. Wir redeten über unsere Woche. Später schlenderten wir Hand in Hand durch den Park und beobachteten die Schatten, die Äste und Blätter vor unsere Füße warfen.

»Ich habe dich vermisst.«

Keiner wusste, wer den Satz zuerst ausgesprochen hatte. Vielleicht waren wir es beide gewesen. Im Schatten einer zaghaften Weide beugte er sich zu mir herab und ich reckte mich hoch. Wir trafen uns in der Mitte. Er schmeckte süß und salzig zugleich, genau wie in meiner Vorstellung. Ich seufzte an seinen Lippen und schmiegte mich an ihn. Er drückte mich sehr fest, als läge ich im Sterben.

An einer Straßenecke fanden wir eine Eisdiele und er kaufte mir einen Becher. Tatsächlich aß ich nur Eis, wenn ich mit ihm zusammen war, jedes Mal eine einzige Kugel mit Kaffeegeschmack. Über diese Vorliebe wunderte er sich immer wieder. Er wusste nicht, dass ich auf unserem ersten Date nur so getan hatte, als liebte ich Eis mit Kaffeegeschmack, um ihn, den Älteren, zu beeindrucken.

Als er mich danach küsste, leckte er sich über die Lippen. »Ach, Ella. Du schmeckst gut.«

Abrupt blieb ich stehen. Einige Leute rempelten mich an, wir waren zu der belebten Kreuzung gekommen, an der wir uns oft verabschiedeten. »So heiße ich nicht.«

Er klappte den Mund auf und wieder zu: ein todgeweihter Fisch. Ein kleines Wort – zwei Silben, vier Buchstaben – hatte die Dürre auf unseren kleinen Teich herabgeholt. Auf einmal stach das Sonnenlicht in meinen Augen und der Verkehrslärm dröhnte. Am liebsten hätte ich die Autos angeschrien, sie sollten ihre Motoren zähmen.

»Es tut mir leid«, sagte er. »Ich wollte nicht … Vielleicht war das doch keine gute Idee. Ich kann nicht mehr so tun, als wärst du sie.«

»Du willst aufhören? Das ist der einzige Grund, aus dem wir uns getroffen haben.«

»Ich will aufhören. Es ist besser.«

Ich schnaubte. Als ich zu ihm aufsah, erinnerte ich mich an den anderen, dessen Züge ich in seinen sah. Bei unserer ersten Begegnung hatte ich ihn angestarrt und er hatte gefragt, ob ich einen Geist gesehen hätte. Langsam und sorgfältig schälte ich die Erinnerung von seinem Gesicht ab, bis nichts mehr blieb. »Ich verstehe. Viel Glück.«

Das war alles, was ich jemand anderen wünschen konnte. Als ich nach Hause kam, ging ich schnurstracks ins Bad. In der schwülen Hitze kräuselten sich meine Haare, was scheußlich aussah.

Nach der ausgiebigen Dusche trat ich auf den Balkon und begrüßte die Wäscheleine. Sie schwang träge in der Brise hin und her, als wäre seit meinem Abschied nur ein Moment vergangen. Letztendlich hatte sie nicht unrecht. Ich lehnte mich an das Geländer, zog eine Zigarette aus dem Päckchen im Blumentopf und zündete sie an. Im Sommer zu rauchen war kein Genuss, aber die tiefen Atemzüge entspannten mich.

Die schwarzen Männershorts hingen auf der Wäscheleine und mit ihnen die Erinnerung an ihn, gegen die ich mich vehement gesträubt hatte. »Du musst mich sehr gerne haben«, murmelte ich.

Das stimmt nicht, flüsterten sie. Du bist es, die klammert.

»Aber ich bin geflohen.«

Du hast dein Bestes getan, auf den Grund deines eigenen Herzens abzusinken.

»Und was ich dort gefunden habe, war Leere.«

Ja, aber auch etwas ganz anderes. Du weißt doch, was es ist. Jeden Tag schwelgst du darin. Du berauschst dich an diesem Gefühl, weil du nie genug davon bekommst. Niemand kann es für dich stillen.

Ich hob den Kopf und sah über die Häuserdächer in den unverschämt blauen Himmel hinauf. Einige Haarsträhnen hatten sich aus meinem feuchten Zopf gelöst und taumelten schwach in der Brise. Sie bildeten ein feines Netz in der Luft, immer in Bewegung. Ich beobachtete es eine Zeit lang, bevor ich mir die Haare hinter die Ohren strich.

Die Wäscheleine schwieg, die Shorts schwiegen. Ich war alleine mit den Geschichten, die ungesehen und ungehört verglühen würden. Wer konnte schon sagen, was Wahrheit und was Lüge war? *Wir wollen alle nur leben*, dachte ich mit einer gewissen Endgültigkeit.

Die Kapsel

Es ist längst Nacht, als sie nach Hause fahren. Auf der Rückbank sitzt der Junge, abgeschirmt von den Scheinwerfern der anderen Autos wie in einem dunklen Versteck. Obwohl die warme Heizungsluft bis nach hinten strömt, friert er ein bisschen und kuschelt sich in seine Jacke.

Seine Eltern sprechen vorne nicht viel, aber das stört ihn nicht. Er ist kaputt vom Toben mit seinem Cousin, die Eltern sind erschöpft vom Reden mit seiner Tante. Also hört der Junge dem Autoradio zu. Es spielt die Schlager, die er schon gut kennt. Gitte Haenning singt ein trauriges Lied. Seine Hand wird in der Jackentasche langsam wärmer und umschließt die Kräuterbonbons, die seine Tante ihm im Winter jedes Mal zusteckt. Eines wird er wie immer noch während der Fahrt auswickeln und essen.

Auf all das hat er sich gefreut. Die Fahrt sollte am besten gar nicht aufhören. Die Rückbank ist gemütlich wie ein zweites, kleines Zuhause. Und doch ist es ein Abenteuer, durch die Nacht zu gleiten, eine lange Strecke auf Straßen zurücklegen, die sie zu Fuß niemals erreichen würden – als liefe direkt vor seiner Nase ein spannender Film. Zuhause wäre er beim

Filmegucken um diese Zeit längst ermahnt worden, ins Bett zu gehen.

Die Fenster beschlagen am Rand. Hinter den Scheiben ziehen schemenhaft Bäume vorbei und feine graue Linien, die sich heben und senken. Das sind die Stromleitungen vor dem Nachthimmel. Wenn er ihnen länger mit dem Blick folgt, macht ihn das schläfrig. Weil es hier auf den Landstraßen wenige Laternen gibt, sind die hellen Punkte der Sterne gut zu erkennen.

Für eine Weile gibt es keine Musik, nur die monotone Stimme aus den Nachrichten. Dann das Piepen des Verkehrsfunks, das er sonst hasst, wenn es die Musik unterbricht. Jetzt freut er sich darüber, weil es das Ende der Nachrichten bedeutet.

„Schläfst du schon?", fragt seine Mutter.

„Nee", sagt der Junge und grinst.

Sie fragt das jedes Mal, wenn sie abends unterwegs sind. Dabei schläft er doch nie, weil er nichts von der Fahrt verpassen will.

„Weißt du doch, Mama."

Die Musik fängt wieder an, Udo Jürgens singt über Paris.

Vor dem Fenster ziehen Häuser vorbei, immer größere.

Die vielen, kleinen Rechtecke darin sind mal schwarz, mal erleuchtet. Es muss sich so anders anfühlen, in einer kleinen Kammer an einer großen Straße zu wohnen.

Die Laternen werden höher und heller. Jetzt kommt der schönste Teil der Fahrt.

Breit wie eine Autobahn wird die Straße. Sie hebt sich im weiten Bogen dem Nachthimmel entgegen, bis er die Häuser gar nicht mehr sieht. Da sind nur noch die Laternen, die er besonders mag. Ihre kleinen, orangefarbenen Lichter bilden Kreise, sodass sie aussehen wie Raumschiffe. Wo der Junge wohnt, weit weg von der großen Stadt, gibt es solche Laternen nicht. Ihr Licht ist warm und doch hell. Obwohl es in den Augen schmerzt, sieht der Junge direkt hinein.

Es gibt nur noch das Auto, die Musik, die Nacht und die strahlenden Ringe. Er wünscht sich, sie würden auf diesen Straßen immer wieder im Kreis fahren.

Nach der langen Kurve geht es wieder bergab. Er reckt den Kopf, drückt die Nase an die Scheibe und hält die Luft an, damit das Glas nicht beschlägt. Mehr Lichter tauchen auf, so weit man sehen kann, orangene und gelbe, in langen Reihen. Seine Eltern haben ihm erklärt: Hier ist der Hafen. Der Junge kann sich nicht vorstellen, warum ein Hafen derart riesig ist, unendlich wie das Meer selbst. Und er ist bloß ein Teil dieser Stadt, die ihr Auto jedes Mal nur durchquert.

Seine Eltern interessieren sich nicht für die Stadt, als wäre sie eine fremde Welt, in die sie nicht gehören. Alle ihre Verwandten und Freunde wohnen auch nicht an Straßen wie diesen. Man wohnt dort, wo es nachts dunkel ist. Aber der Junge kann sich nicht an den Lichtern sattsehen.

Er denkt daran, wie sie einmal abends an einem Flughafen gewesen waren, um die Großeltern abzuholen. Auch das war so eine andere Welt gewesen – größer, aufregender, mit lauter leuchtenden Schildern.

Er packt eines der klebrigen Bonbons aus und schiebt es in den Mund. Die herbe Süße breitet sich darin aus, während draußen ein Fabrikklotz vorbeizieht.

„Da kommt der Kaffee her, riechst du ihn?", fragt die Mutter.

„M-hm", macht der Junge. Mit dem Lutschbonbon im Mund ist das Sprechen schwierig, aber er hat auch nicht mehr zu sagen.

Wie bei jeder Fahrt ziehen die Lichter zu schnell vorbei. Könnten seine Eltern nicht einen Umweg fahren? Wollen sie nicht auch mehr davon sehen?

Aber der Junge weiß, dass man nicht einfach in der Gegend herumfährt, weil einem Laternen gefallen. Man fährt nach Hause.

Die Stimme eines anderen Sängers erklingt aus dem Radio, laut und kratzig. Sie singt über eine Frau, die Natalie heißt. Der Vater trommelt auf dem Steuer. Weil er weiß, dass der Vater das Lied mag, freut sich der Junge, dass sie es gemeinsam hören.

„Wer singt das nochmal?", fragt er.

Die Mutter schaut den Vater fragend an und nennt einen Namen, den der Junge schon gehört hat, der aber komisch klingt – Französisch, glaubt er.

Im Rückspiegel sieht der Junge, dass der Vater nickt, ohne den Blick von der Straße zu nehmen. Das Trommeln auf dem Lenkrad geht weiter.

Draußen ziehen mehr große Häuser vorbei, aber die Raumschiff-Lichter haben der Nacht wieder Platz gemacht. Bald werden die Straßen und Häuser ihres Dorfes auftauchen, die sie fast jeden Tag sehen. Normale Straßenlaternen gibt es da, aber nicht die leuchtenden Reklamen der Stadt oder das Lichtermeer des Hafens.

Zuhause warten sein Zimmer, sein Bett, die Bücher und Hörspiele. Das ist alles schon in Ordnung, aber er sieht es ja immerzu.

Jetzt klackert der Blinker, aber nicht im Takt der Musik.

Die Stimme, bei der er nicht erkennt, ob sie einer Frau oder einem Mann gehört, singt auf Englisch über Afrika.

Der Vater gähnt am Steuer.

Das Auto biegt von der breiten Straße in die Dunkelheit ab.

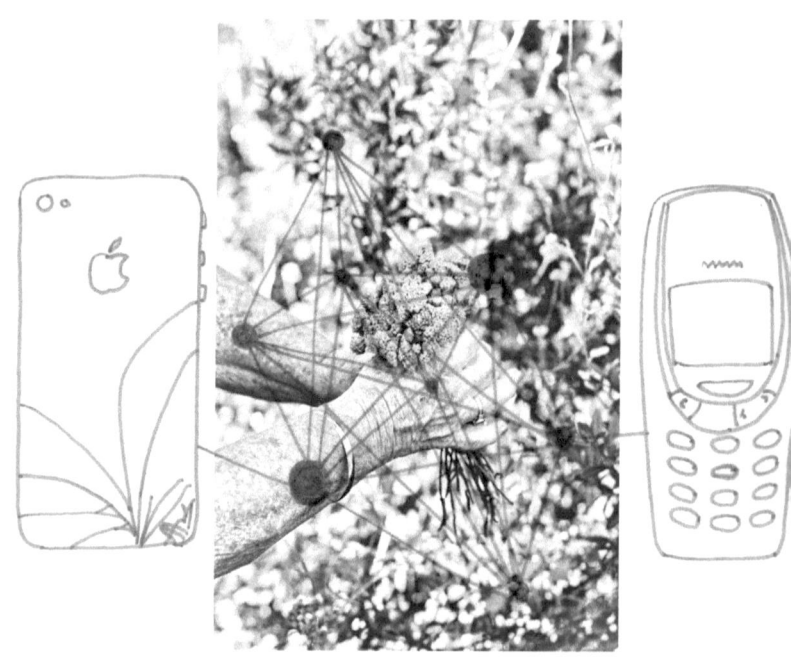

Unbekannter Anrufer

Inge konnte den ungewöhnlichen Ton im ersten Moment nicht einordnen. Erst als sie das leuchtende Display ihres Handys sah, wurde ihr bewusst, dass jemand eine SMS geschickt hatte.

Sie setzte die Brille auf. Der Absender war ihr unbekannt. Dann las sie die unerwartete Nachricht.

Ich liebe Dich!

Inge musste schmunzeln. Wer sollte ihr eine solche Liebesbekundung zukommen lassen? Die einzigen Menschen, die ihre Nummer kannten, waren ihre Freundinnen. Die riefen von Zeit zu Zeit bei ihr an, schickten aber keine Textnachrichten.

Da hatte sich bestimmt jemand vertippt.

Egal, dachte Inge, eine schöne Nachricht ist es auf jeden Fall.

Umständlich gab sie eine Antwort ein und schickte sie ab.

Danke, einen so reizenden Satz habe ich schon lange nicht mehr gelesen.

Kurz darauf meldete sich das Handy erneut.

Entschuldigen Sie bitte das Versehen, las sie.

Aber das macht doch nichts, schrieb sie zurück, *es gibt schlimmere Versehen.*

Genau genommen war es sogar ein doppeltes Missge-schick, kam prompt als Antwort zurück.

Inge rückte ihre Brille zurecht und legte die Stirn in Falten. Immer wieder näherte sich ihr Zeigefinger der Tastatur ihres Handys, ohne jedoch etwas einzutippen.

Das verstehe ich nicht, schrieb sie schließlich.

Ich habe den falschen Text angewählt und eine verkehrte Telefonnummer eingegeben, las sie kurz danach auf ihrem Display.

Inge schüttelte den Kopf. Kurz entschlossen rief sie die unbekannte Nummer an. Eine Männerstimme meldete sich.

»Oh, ich habe eigentlich mit einer Frau gerechnet«, sagte sie, »ich bin sozusagen das andere Ende ihrer Leitung.«

Der Mann lachte. »Erstaunlich, was so eine falsche Eingabe alles bewirkt. Eigentlich wollte ich einem Kollegen eine Terminabsage zukommen lassen, dabei schickte ich Ihnen eine Liebeserklärung.«

Seine Stimme klang tief. Inge lauschte ihr nach, dann schmunzelte sie erneut.

»Na ja, zwischen einem Liebesgeständnis und einer Terminabsage ist ja auch kein großer Unterschied.«

Wieder lachte ihr Gesprächspartner.

»Die moderne Technik! In meinem alten Handy sind noch Sätze gespeichert, die man zur Erleichterung beim SMS-Schreiben verwenden kann, so wie etwa *Bitte um Rückruf, Ich komme später, Bitte um Terminverschiebung*, aber eben auch *Ich liebe Dich*. Nicht gerade sehr originell, das muss ich zugeben. Ich habe mich um eine Zeile vertippt und dann auch noch einen Fehler bei der

Nummer gemacht. Nicht sehr männlich, nicht wahr?«

»Ich bitte Sie«, widersprach Inge, »das hat doch nichts mit männlich oder nicht männlich zu tun. Auf jeden Fall war es schön zu lesen.«

Unbewusst strich sie sich eine widerspenstige Haarsträhne aus der Stirn.

»Ich muss zugeben, dass mich das seltsam berührt, wenn Sie so etwas sagen. Natürlich stimmt es. Es ist ein sehr schöner Satz ... Der schönste vielleicht, wenn er denn stimmt.«

»Wenn Sie ihn schon so häufig benutzt haben, war er denn nie ernst gemeint?«, hakte Inge nach.

»Eigentlich schon, zumindest am Anfang. Aber später ...«

»Das hört sich aber nicht besonders gut an!«

»Ich bin frisch geschieden. Sie hat die Kinder mitgenommen und ich sitze jetzt hier alleine.«

»Oh, das tut mir leid.« Inge machte eine entschuldigende Geste, ohne sich bewusst zu sein, dass ihr Gesprächspartner dies nicht sehen konnte. »Ich wollte nicht indiskret sein.«

»Sie sind der erste Mensch, dem ich das so offen erzähle.«

»Dabei kennen wir uns doch gar nicht.«

»Wahrscheinlich ist genau das der Grund. Manchmal kann man am besten mit jemandem reden, der einem nicht nahe steht, der nicht betroffen ist.«

»Vielleicht haben Sie recht.« Inge überlegte. »Wollten Sie denn die Scheidung?«

»Am Ende war es für uns beide das Beste, es ging nicht mehr. Natürlich fühle ich mich schlecht. Ich bin es nicht gewohnt, alleine zu sein ... war es nie. Und ohne die Kinder ist es noch schlimmer.« Die Leichtigkeit in seiner Stimme war einem traurigen Unterton gewichen. »Aber was erzähle ich Ihnen da bloß, ich wollte Sie nicht mit meinen Problemen belasten.«

»Sie belasten mich nicht«, gab Inge schnell zurück. Mit dem Handy am Ohr ging sie zum Fenster und schaute hinaus.

»Sie klingen so vertrauenerweckend«, setzte er das Gespräch mit wieder gefestigter Stimme fort. »Darf ich Sie fragen, von wo Sie anrufen?«

»Ich lebe in München«, erwiderte sie und hielt den Atem an.

»So ein Zufall«, gab er zurück und lachte erneut, »ich auch.«

»Nicht zu fassen! Da wäre ein Gespräch über das Festnetz wesentlich billiger.«

»Dann hätten wir uns aber nicht kennengelernt.«

»Stimmt! Ich bekomme nicht sehr viele Anrufe. Meine Freundinnen haben mir dieses Handy geschenkt, aber deswegen rufen auch nicht mehr Leute an als davor.«

»Haben Sie gerade etwas zu tun?«, fragte er.

»Nichts Besonderes.«

»Es ist erst drei Uhr, der Tag ist noch lang. Kennen Sie den Gasteig? Da gibt es ein nettes Café. Ist das weit weg von Ihnen?«

Inges Herz schlug deutlich schneller. »Natürlich kenne ich den. Und nein, es ist nicht weit von hier.«

»Wollen wir uns um vier Uhr dort treffen? Man kann gut draußen sitzen. Sie erkennen mich an dem weißen

Hut, den ich dabeihaben werde.«

»Das ist eine wunderbare Idee!«

Inge hatte ihr feinstes Sommerkleid angezogen, dazu kecke rote Schuhe, einen leichten Sommerhut und eine Handtasche.

Als sie sich dem Café näherte, erkannte sie ihn sofort. Sein Hut lag vor ihm auf dem Tisch. Er hatte dunkelbraune, volle Haare und ein sportliches Aussehen.

Ohne sich etwas anmerken zu lassen, ging sie an ihm vorbei und nahm einige Tische weiter Platz, mit dem Rücken zu ihm.

Ich hätte ihm sagen sollen, überlegte sie, *dass ich in einigen Wochen meinen achtzigsten Geburtstag feiere.* Ihre Stimme klang unverhältnismäßig jung, das hatte man ihr schon oft bestätigt. *Er wird furchtbar enttäuscht sein, wenn er mich sieht.*

Inge holte das Handy aus ihrer Tasche und begann zu tippen.

Hallo Fremder, vielen Dank für das bezaubernde Gespräch. Leider kann ich Sie nicht persönlich treffen, aber ich wünsche Ihnen alles Gute.

Lieben Gruß

Inge.

Dann schaltete sie das Handy aus.

Sie zuckte mit den Schultern, winkte einer Bedienung und plauderte kurz mit ihr, bevor sie einen Kaffee bestellte.

Sie hatte gerade den ersten Schluck getrunken, als neben ihr der Unbekannte mit dem Hut in der Hand eine Verbeugung andeutete.

»Hallo Inge, erlauben Sie?« Der Mann deutete auf den Stuhl ihr gegenüber.

»Woher …?«

»Ihre unverwechselbare Stimme.«

»Natürlich, sehr gerne, nehmen Sie Platz.«

»Nennen Sie mich doch bitte Frank. Ich glaube, wir haben uns viel zu erzählen.«

ELA BELLCUT

Zuhause

Wärme umgibt mich. Die einzige Wärme, die mir im Moment geblieben ist.

Ich schlinge die Decke fester um meinen Körper, vergrabe mich tiefer in die Kissen. Einzelne Sonnenstrahlen schaffen es, an meiner Gardine vorbei ins Zimmer zu dringen und meine Nase zu kitzeln. Ich will keine Sonne, keine Fröhlichkeit. Beides kann ich nicht gebrauchen. Stattdessen vergrabe ich mich in meinem Kokon, verstecke mich vor der Welt, vor dem Alltag, vor dem Aufstehen. Es ist wieder so ein Tag. Einer dieser erdrückenden Tage, an dem nichts einen Sinn zu haben scheint. An dem allein das Aufstehen die größte Anstrengung wird. An dem alles da draußen wie eine Last erscheint.

Doch nicht hier, nicht in meinem Kokon.

Das Blut rauscht in meinen Ohren. Meine Atmung und mein Herzschlag nehmen mich ein und dennoch kämpft sich wie hinter diffusem Nebel ein anderes Geräusch durch: leise, tapsende Schritte. Beinahe so lautlos, dass es auch ein Traum sein könnte. Doch dann spüre ich meine Katze, als sie aufs Bett springt und am Fußende die Matratze eindrückt. Kali zögert. Wartet. Ihr Blick ruht auf mir und die kleine Taktikerin durchdenkt ihren nächsten Spielzug, um meinen Hintern aus diesem Bett zu bewegen.

Keine Chance! Ich kann heute nicht!

Ich rolle mich noch fester in meine Decke ein, sodass sie auch nicht die geringste Lücke finden wird, um mich hier herauszubekommen.

Kali setzt sich vorsichtig in Bewegung. Nun müsste sie ungefähr auf Kopfhöhe sein. In meiner Vorstellung sehe ich sie förmlich, wie sie ihre kleine rosa Stupsnase zur Decke bewegt, um zu schnuppern.

Ob Kali Angst hat, ich sei tot?

Kurz überlege ich, ob ich doch eine Reaktion zeigen sollte. Ob ich zumindest eine Hand aus meinem Kokon strecken sollte, um sie zu beruhigen. Stattdessen warte ich. Wir sind bei einem Schachspiel und ich habe nicht vor, den ersten Zug zu machen.

Durch leichten Druck nahe meines Ohres spüre ich, wie Kali eine Pfote ausstreckt und ihr Gewicht verlagert. Dann kommt die zweite, der Ballast erhöht sich, ehe sie auch die Hinterbeine nachzieht.

Das kann doch nicht ihr Ernst sein?!

Mühselig balanciert sie auf der Decke, unter der mein Kopf ruht, ehe sie sich einmal dreht und dann zusammenrollt.

Ich höre sie schnurren, doch das Gewicht ist erdrückend. Grummelnd ziehe ich vorsichtig die Decke runter, während ich mich minimal drehe, sodass Kali samt Stoff auf meine Brust rutscht.

Wir sehen uns an. Ihre grünen Augen erwidern meinen Blick voller Unschuld und die süße rosa Nase streckt sich mir zaghaft entgegen. Sie stupst mich an, als wolle sie tatsächlich fragen: *Ist alles okay mit dir?*

Nun hat sie mich doch so weit. Ich krame eine Hand aus den Decken hervor und kraule ihr den Kopf, streiche über ihr seidiges Fell, während sie die Augen schließt und weiterschnurrt.

Ein Lächeln schleicht sich auf meine Lippen. Sie ist so ein kleiner Schelm. Immer wieder bereit, mich aus meinem Nest zu holen. Tatsächlich schafft sie es immer irgendwie. Es ist nur eine Frage der Zeit. Und es ist entweder vorsichtig penetrant wie jetzt oder als kleine Attentäterin, die versucht, Zehen oder andere herauslugende Körperteile zu erhaschen.

Sprachlos starre ich auf Kali, auf ihr Fell, das in der Sonne die verschiedensten Farben preisgibt. Das beruhigende Schnurren auf meiner Brust, dass durch meinen Körper zu dringen scheint, als würde es dort alles Negative von vor ein paar Sekunden in mir zerstören. Als würde ihre Wärme mir die Geborgenheit schenken, die ich benötige. Ich genieße den Augenblick und kann nicht fassen, wie viel Liebe und Glück ich in dem Moment empfinde.

Während ich sie anblicke und ihr Fell rhythmisch durch meine Finger gleitet, kommt mir ein Gedanke: *Es ist alles gut! Du bist zu Hause.*

Wir liegen minutenlang so da. Doch dann entzieht sich Kali meinen Fingern und springt vom Bett. Sie huscht aus dem Zimmer und ich höre sie mauzen.

Die Comiczeichnungen von *Simon's Cat* kommen mir in den Sinn und ich ziehe prompt die Decke wieder über den Kopf. »Nein, es gibt kein Futter! Vergiss es! Es ist Sonntag.«

Als würde sie so eine Ansage davon abhalten, weiter zu mauzen. Sie wird eher noch lauter.

Wieder tapsende Schritte.

Zögernd ziehe ich die Decke erneut hinunter, um einen Spalt hinausspähen zu können. Da steht sie, in der Tür und schaut mich vorwurfsvoll an. Erneutes Mauzen.

Da sie sicher ist, dass ich sie gesehen habe, dreht sie sich um und rennt zurück zur Küche, um dort weitere anklagende Laute von sich zu geben.

Als würde sie gleich verhungern!

Das Spiel wiederholt sich: tapsende Schritte, direkter Blickkontakt, anklagendes Mauzen.

Als würde ich nicht verstehen, dass ich sie füttern soll, dass ich endlich aufstehen soll. Aber ich kann nicht. Ich kann mich einfach nicht überwinden. Es ist so viel einfacher, im Bett zu bleiben, nichts zu tun und sich dieser Schwere im Inneren hinzugeben.

Kali springt wieder aufs Bett, als wolle sie mich erinnern, was wir für einen tollen Moment wir eben geteilt haben. Als würde sie mir Mut zureden wollen.

Wahrscheinlich tut sie alles, um endlich ihr Futter zu bekommen …

Dennoch trifft mich ihr Blick.

Sie mauzt abermals und ich fühle mich schuldig.

Ich hab heute nur eine verfluchte Aufgabe und nicht einmal die bekomme ich hin!

Vielleicht hat sie etwas bei diesem Gedanken in meinen Augen gesehen, denn Kali springt vom Bett und läuft los. Ja, sie hat mich so weit. Ehe ich noch einmal Zweifel bekomme, werfe ich die Decke zurück, springe auf und folge meiner Katze zur Küchentür. Ich betrete den Raum, gehe zum Kühlschrank und muss aufpassen, nicht über Kali zu fallen, die mir vor lauter Tatendrang zwischen den Beinen umherläuft.

Kaum habe ich die Frischhaltebox mit dem Fleisch in meinen Händen, mauzt Kali los, als würde sie mich anspornen, schneller zu arbeiten.

Ich muss lachen über diese süße Ungeduld.

Als ich endlich mit dem Napf in der Hand ihre Futterstelle ansteuere, schnurrt sie mit tiefer Zufriedenheit, da sie ihren Willen bekommen hat. Ich stelle ihn vor ihr hin und sie stürzt sich auf ihr Essen.

Wieder muss ich lachen.

Egal wie oft ich das sehe, es macht mich jeden Tag von Neuem glücklich.

Ich setzte mich neben sie und beobachte, wie Kali ihr Futter hinunterschlingt, während ich dem Universum dafür danke, dass diese Katze bei mir lebt.

The Bus of Life

Entzückt starrte der ältere Mann in der letzten Reihe auf sein Handy. Laute Musik erfüllte den Bus. Schief und verzerrt dröhnte ein alter Schlager aus dem Smartphone. Plötzlich sang er voller Inbrunst mit. Seine Augen leuchteten hinter der dicken Brille und er schien sich der anderen Menschen um ihn herum nicht bewusst zu sein. Mit seinem Gehstock tippte er den Takt mit.

Die anderen Fahrgäste reagierten zunächst genervt. Eine junge Frau verdrehte die Augen, sagte aber nichts. Das Baby allerdings, welches ganz vorne im Bus zuvor geschrien hatte, beruhigte sich durch den Gesang und konnte von der Mutter gestillt werden. Der Regen prasselte beruhigend gegen die Fenster und auf das Busdach. Nach und nach schien sich durch den Gesang der Stress der anderen Passagiere abzubauen, die Stimmung wurde friedlicher.

In der Mitte des Busses befand sich ein junges Pärchen, er groß und blond, sie zierlich mit langen, glatten und dunklen Haaren. Sie reichten sich einen roten Pappbecher hin und her, dabei lächelten sie sich glücklich an. Es roch nach Whiskey und Cola.

Ihnen gegenüber saß ein großer, junger Mann mit lockigen, roten Haaren. Er holte sein iPhone aus der

Tasche und wählte eine Nummer. »Quentin? I just want to make sure that you're okay. It's raining cats and dogs in Berlin. But yes, it's warmer than in Stockholm. See you soon! It was very nice meeting you ... Take care.«

Bei jeder Kurve rollte eine leere Wodkaflasche von ganz vorne nach ganz hinten und schepperte laut. Eine ältere Dame, die hinten auf dem Viererplatz saß, wirkte nervös, ganz so, als wäre sie auf dem Sprung und wolle jederzeit aussteigen. Wie immer fuhr sie jedoch bis zur Endhaltestelle. Missbilligend runzelte sie die Stirn und verstärkte den Griff um ihre Handtasche. Sie wusste nicht, worüber sie sich mehr ärgern sollte: Dass im Bus getrunken wurde, dass der ältere Herr hinter ihr laut Musik abspielte und sang, dass es regnete oder dass die Mutter vorne so schamlos ihr Kind stillte. Die ältere Dame seufzte laut und presste die Lippen zusammen. Früher hätte es das nicht gegeben, überlegte sie wehmütig.

Der Bus hielt an der nächsten Haltestelle und eine schwangere Frau mit einem fünfjährigen Jungen an der Hand stieg ein. Sie setzten sich gegenüber des rothaarigen Mannes, der gerade das Telefonat mit seinem Freund beendet hatte. Der Junge blickte den Mann neugierig und offen an, der Mann lächelte vorsichtig und wurde dabei ein wenig melancholisch. Kinder hatte er sich schon immer gewünscht. Eine Nachricht von Quentin riss ihn aus seinen Gedanken: »I'm thinking of you ...« Er grinste und bemerkte, dass der Junge ihn noch immer anstarrte. Er schnitt eine Grimasse, der Junge streckte ihm die Zunge raus. Die Mutter bekam davon nichts mit, da sie in ihr Smartphone vertieft war.

Beim nächsten Stopp stieg das junge Paar leicht schwankend aus, beim Davongehen tanzten sie durch den Regen. Die Busfahrerin betrachtete sie im Rückspiegel. Obwohl sie sich aufgrund des Feierabendverkehrs und des Regens gestresst fühlte, musste sie lächeln. In Gedanken versunken bemerkte sie erst spät, dass ein tropfnasser, ungepflegt riechender Mann in der Tür stand. Da er keine Fahrkarte vorzeigte, besaß er wohl auch keine.

Der Mann mit den zerzausten, verfilzten Haaren blickte sie hoffnungsvoll an. Er zitterte am ganzen Körper. Sie zerfloss vor Mitleid, als sie leise fragte: »Fahrkarte, bitte?« Er schüttelte traurig und hilflos den Kopf. Seine Zähne klapperten vor Kälte. Hinter dem Mann sprang eine Businessfrau mit hohen Absätzen, trotz Nässe perfekt gestylt, in den Bus hinein. Da es nicht sofort weiterging, meckerte sie abgehetzt: »Ich bin da, wir können fahren ... Geht es hier auch mal los?« Dabei schloss sie ihren Schirm mit einem dumpfen Knall und störte sich nicht daran, dass sowohl die Busfahrerin als auch der Mann in der Tür einen Schwall Regentropfen abbekamen.

Die gestresste Business-Lady zeigte ihre Jahreskarte hervor und schob sich an dem verwahrlosten Mann vorbei, wobei sie sich demonstrativ die Nase zuhielt. Sie setzte sich dorthin, wo zuvor das Pärchen gesessen hatte. »Geht es endlich mal weiter?«, nörgelte sie erneut ungeduldig nach vorne. Das Baby spürte den Stress, der sich im Bus breitmachte, da nun auch die anderen Passagiere ungeduldig wurden, und fing wieder an zu weinen.

Die Busfahrerin wusste nicht, was sie tun sollte. Immerhin gab es überall Kameras. Wenn sie erwischt wurde, wie sie bewusst jemanden ohne gültiges Ticket mitnahm, bekam sie mindestens eine Verwarnung. Sie konnte doch ihren Job nicht riskieren! Doch den armen Mann im Regen stehen lassen, das konnte sie ebenso wenig. Plötzlich tauchte der rothaarige Mann mit den Locken neben ihr auf. »Ich zahle dem Herren hier eine Fahrkarte«, sagte er freundlich und legte das Geld abgezählt auf die Kasse. Dann führte er den Mann zum Viererplatz auf den freien Sitz neben sich und gegenüber des kleinen Jungen.

Die Busfahrerin atmete auf und konnte endlich weiterfahren. Der brummende Motor beruhigte auch das Baby, es hörte auf zu schreien und schlummerte wieder ein. »Es ist nur eine einfache Busfahrt, doch manchmal kommt sie mir vor wie ein Sinnbild des ganzen Lebens«, dachte die Busfahrerin. Meistens mochte sie an ihrem Job, dass sie direkt mit Menschen zu tun hatte. Die überall herrschende, soziale Kälte machte jedoch auch vor ihrer Linie 6a nicht Halt. Dennoch, wenn sie genau hinsah, erlebte sie beinahe täglich Gesten der Solidarität und Menschlichkeit, die ihr den Glauben an die Menschheit ein kleines Stück zurückgaben.

Im Bus war es nun ruhig. Der ältere Mann, der einige Stationen zuvor noch lauthals Schlager gesungen hatte, war kurz vor der Endstation ebenfalls eingeschlafen.

Sophie

Insekten tanzten wie Elfen auf den Sonnenstrahlen, die durch das Blätterdach fielen. Die Unwirklichkeit des Waldes legte sich über den Alltag, als sei er unerreichbar weit entfernt. Ich hatte nichts zu sagen, vielleicht nicht einmal Gedanken, die sich zu Worten hätten formen können. Ich war hier, sie war hier und das war alles, was zählte. Sie saß auf dem Rücken des Ponys, welches ich am Strick spazieren führte. Über den Baumkronen flog ein kleines Sportflugzeug hinweg, dessen Propeller wie ein fliegender Haartrockner in die friedliche Aura des Waldes schnitt. Auf eine absurde Weise fügte sich das Geräusch neben den Hufen des Ponys dennoch harmonisch in diesen lauen Frühsommertag ein.

Hin und wieder begegneten wir anderen beim Spaziergang, sie waren mit und ohne Hunde unterwegs, auf dem Rad oder mit dem Bollerwagen. Einige schienen uns nicht zu beachten, andere ließen ihre Blicke unangenehm lange auf uns ruhen und wandten sich ab, sobald wir sie dabei ertappten. Ich kannte sie gut, diese Blicke zwischen Mitleid, Unverständnis und Scham, im schlimmsten Fall waren sie voller Ablehnung und Hass. Ich konnte nicht sagen, ob mir diese Willkür der Gesellschaft egal gewesen wäre, aber ich schob meine Gefühle zu den Befindlichkeiten anderer fort. Jedes Mal. So verschwendete ich nur Energie, die mir am Ende des Tages fehlte, um mich aufzuraffen, mich um mich zu kümmern. Wir hätten das viel eher tun sollen, stellte ich fest. Das Pony schnaubte entspannt und schüttelte den Kopf, um die Fliegen zu vertreiben. Ich ertappte mich dabei, wie ich nach Angst, Unwohlsein oder Aufregung in Sophies Gesicht suchte. Doch da war nichts außer dem zufriedenen, tiefentspannten Abschweifen ihrer Aufmerksamkeit und dem Einssein mit dem Pony. Sie blinzelte zwischen den Lichtreflexen, ihre Mundwinkel waren feucht. Als das Pony unerwartet nach einem saftigen Grasbüschel am Wegrand schnappte, war Sophie schlagartig wieder im Hier und Jetzt. Ihre sanften, braunen Augen musterten mich aufmerksam, dann drifteten sie wieder ab und ihre Finger vergruben sich in der blonden Mähne. Langsam ließ sie sich auf den Pferdehals sinken, schmiegte ihr Gesicht an Fell und Mähne des Ponys. Ich lächelte sie an, empfand eine tiefe Zufriedenheit. Eine, die ich schon lange nicht mehr hatte. Zwischen dem Notwendigen und dem Rechtfertigenden des Gesellschaftslebens ging die Magie des Moments zwangsläufig viel zu schnell verschütt.

An einer Bank am Feldrand hielten wir an, um eine Pause einzulegen. Schon über zwei Stunden waren wir unterwegs. Ich ließ das Pony grasen. Sophie wollte nicht absteigen, ich ließ sie. Sie war vollends mit dem Pony verbunden, las seine Gedanken, fühlte jede seiner Bewegungen und löste sich auf. Sophie löste sich in ihre oberflächlich erkennbaren Bestandteile auf und wuchs zu einem Wesen aus Wasser, Erde, Wind und Licht zusammen. Und dann lächelte sie mich an, aus dem Inneren ihres Herzens, völlig im Reinen mit sich und der Welt. Ihre Haare umspielten wild ihr Gesicht, im Hintergrund flogen die Schwalben liebestolle Manöver am Himmel. Sophie und ich waren Teil dieses Wunders, dieses heimlichen Kosmos der Erkenntnis, welche sich nur denjenigen offenbarte, die sie in den einfachen Dingen des Lebens suchten. Es war alles, wie es zu den uns gegebenen Parametern sein musste. Sophie war Sophie und das war das Beste, was Sophie sein konnte. Ich liebte sie so sehr, mehr als alles andere auf dieser Erde. Sie war perfekt. So perfekt wie der Wind, der Wolken, Felder und Wipfel hin- und herschob. So perfekt wie der Regen, der Mensch und Natur zum Leben erweckte. So perfekt wie alles, das uns umgab und was wir nie restlos in seiner Gewalt würden erklären können. Ich liebte Sophie, weil sie ein Teil von mir war und weil sie so echt war wie dieser Moment der Belanglosigkeit im universellen Geschehen.

ALEX RUMP

Die Ruhe vor dem Sturm

»Das ist ein Kumulonimbus!«, plapperte Jonas und zeigte auf die Wolke am Horizont. Er hatte in den vergangenen Wochen eine neue Faszination mit Wetterphänomen entwickelt.

»Das ist eine Gewitterwolke«, meinte Sina nüchtern. Sie wusste nicht, wie Meteorologen die ganzen Wolken nannten, und es interessierte sie nicht. Alles, was sie wissen musste, war, dass die Luft schwül und drückend war und dass sich die Wolken am Horizont mehr und mehr türmten.

Das kommende Gewitter schenkte ihnen die Freiheit. Es war bereits seit gestern angekündigt und schien auf den Plan zu hören. Was auch bedeutete, dass weniger Leute unterwegs waren. Niemand ging so kurz vor einem Gewitter in den Wald. So konnten sie frei sein, konnten sie sie selbst sein.

»Eine Kumulonimbus, heißt das«, erwiderte der Achtjährige und schenkte ihr einen beleidigten Blick. »Ku-mu-lo-nim-bus!«

Sina kam nicht umher zu schmunzeln. »Gewitterwolke, sag ich doch.«

Jonas verzog das Gesicht. »Bist du dumm?«

»Nein. Ich interessiere mich nur nicht für Latein.«

»Das ist kein Latein, das ist der richtige Begriff!« Seine Füße baumelten vom Ast, auf dem er saß, hinab. Sie waren weit oben, in der Spitze eines Baumes. Von hieraus konnten sie den umliegenden Wald überblicken. Hier oben war es seltsam friedlich. Gerade jetzt, wo der Sturm sich näherte.

»Ja, aber dein richtiger Begriff ist lateinisch«, erklärte Sina. »Weil die ganzen klugen Begriffe unnötig lateinisch sind.«

»Das ist nicht unnötig, das ist richtig.«

Eigentlich hatte sie keine Lust, eine Diskussion mit dem Jungen über die Etymologie von bestimmten Begriffen zu führen. Seine Empörung war dennoch niedlich. Er hatte diese Phasen nun schon öfter gehabt. Dann interessierte er sich für etwas, las alles darüber und begann andere zu verbessern, wenn sie es – aus seiner Sicht – falsch machten. Als er fünf gewesen war, waren es Autos gewesen, die nicht mehr einfach nur Autos sein durfte. Als er sechs gewesen war, hatte er sich auf Bäume besonnen. Letztes Jahr waren es dann Insekten gewesen. Nun waren es die Wolken und Wetterphänomene. Vielleicht würden es nächstes Jahr Sterne sein.

Ein Blitz zuckte durch den noch einige Kilometer entfernten Wolkenberg. Kurz darauf rollte der Donner über die Landschaft hinweg.

»Kommt ihr runter?«, rief Hannah vom Boden hinauf. Sie hatte sich nie getraut, so hoch zu fliegen. Selbst ihre magischen Fähigkeiten hatten nie vermocht, ihr die Höhenangst zu nehmen.

»Schon?«, schrie Jonas enttäuscht zurück.

»Ja, schon!«, erwiderte Hannah. »Wir sollten heim, bevor das Gewitter runterkommt.«

»Ach, das Gewitter wird uns nicht umbringen!«

»Das haben sicher ganz viele Leute gesagt, bevor sie von einem Blitz getroffen wurden.« Auch damit war Hannah, Jonas' Schwester, auf der vorsichtigen Seite.

»Komm. Wir sollten wirklich«, sagte Sina, auch wenn sie wusste, dass der Junge noch nicht wollte, und legte eine Hand auf seine Schultern. »Also flieg besser runter.«

»Menno«, murrte er, stieß sich aber von seinem Ast ab und glitt zum Boden hinab, wo seine Schwester wartete.

Sina schaute noch einmal zum Horizont. Da zuckte ein weiterer Blitz durch die Wolken. Eine Böe blies durch ihr Haar. Sie brachte bereits den Geruch von Regen mit sich.

Sina liebte diese Momente. Die Ruhe vor dem Sturm. Die Stille des Waldes vor einem Sommergewitter. Selbst die Vögel waren still. Nur die Blätter rauschten – harmonisch und unheilverkündend zugleich.

»Sina!«, rief Hannah zu ihr hinauf, als der nächste Donner über den Wald hinweg rollte. »Jetzt komm.«

»Einen Moment noch«, erwiderte Sina. Auch sie stieß sich vom Ast, auf dem sie gestanden hatte, ab. Doch anstatt sich zum Boden gleiten zu lassen, flog sie gen Himmel empor.

Sie liebte das Gefühl, zu fliegen, das Gefühl über der Welt zu schweben. Hier oben war sie frei, konnte unbeschwert sein. Hier oben war niemand, der sie komisch ansah, der sie verurteilte. Doch an den meisten Tagen war es ein Luxus, den sie sich nicht leisten konnten. An den meisten Tagen konnten sie es nicht riskieren.

Deutschland war zu dicht besiedelt. Man musste immer Angst haben, auf einen Menschen zu treffen, jemand der sie sah. Schlimmer noch: Jemand, der mit dem Handy ein Video drehte und das dann auf Youtube hochlud.

Deswegen liebte sie Tage wie diesen, an denen die Luft so endlos drückend und schwül über der Landschaft hing und ein baldiges Gewitter versprach. Denn zu viele Menschen fürchteten die Naturgewalten noch immer. Es hielt sie davon ab herauszugehen. Dies war keine absolute Sicherheit, doch zumindest bekamen sie an Tagen wie diesen nicht zu viel Ärger.

Eine weitere Windbö fegte über den Wald hinweg, ließ die Gipfel sich biegen.

Sina lachte, ließ sich ein Stück vom Wind mitreißen.

»Sina!«, rief Hannah vom Boden hinauf.

Es war nie mehr als ein Moment, den sie so hatte. Dennoch flog sie höher hinauf, nur um sich dann fallen zu lassen. Das war das beste Gefühl: die Freiheit des Sturzes und wenn sie nur für eine oder zwei Sekunden andauerte. Dann hatte sie die Baumwipfel erreicht und fing sich ab, um das letzte Stück sicher hinab zu schweben.

»Was hast du noch da oben gemacht?«, fragte Hannah, als Sina landete.

»Nur ein wenig das Wetter genossen«, erwiderte sie.

Hannah runzelte die Stirn und sah sie an. »Du bist manchmal echt komisch, weißt du das?«

»Sagt die Hexe mit Höhenangst.«

»An Höhenangst ist nichts Komisches.«

»Finde ich schon«, meinte Jonas. »Du kannst fliegen!«

»Bis ich die Kontrolle verliere!«

Die Erwiderung kannte Sina nur zu gut. Wie oft schon hatten sie dieses Gespräch geführt. Gerne hätte sie ihrer Freundin geholfen, die Höhenangst zu überwinden, doch Hannah wollte nicht und man konnte sie kaum dazu zwingen. »Ist ja gut«, meinte sie daher. »Ich wünschte mir nur, du könntest mit uns die Aussicht genießen.«

»Mir reicht es, hier unten zu sein«, erwiderte Hannah und drückte Sinas Hand.

»Vielleicht irgendwann mal.« Sina schenkte ihr einen langen Blick, der von Jonas unterbrochen wurde.

»Boah, ihr seid so nervig!«

»Ich dachte, das bin ich sowieso«, meinte Hannah verschmitzt.

»Bist du ja auch.«

Auch Sina kam nicht umher wieder zu grinsen. »Haben große Schwestern wahrscheinlich so an sich.«

Der Junge nickte. »Immer!«

Flow

Atmen, das war die Lösung. Durch sie hindurchatmen, die Panikattacke. Ich kannte das nur zu Genüge. Das rasende Herzklopfen, das von innen gegen meinen Brustkorb hämmerte, als wollte es ihn sprengen. Die schweißnassen Handflächen. Der Tunnelblick. Der fast übermächtige Impuls, wegzurennen – und gleichzeitig diese Lähmung, die mich keinen Schritt tun ließ. Ich war dankbar um die Wand in meinem Rücken, an die ich mich lehnen konnte und die mich vom Rest des Diners trennte. Hinter der Wand der Lärm der Geburtstagsgesellschaft und hinter der Tür zum Männerklo Philip, der sich die Seele aus dem Leib kotzte. In dem kleinen Flur, der zu den Toiletten führte, war ich alleine und das war gut so. Die Anstrengung, die Panik vor anderen zu verbergen, hätte ich im Moment nicht ertragen können.

Ich könnte einfach abhauen. In meiner Hosentasche spürte ich die Autoschlüssel.

»Wer fährt?«

Nichts als eine entspannte Routinefrage, immer wieder gestellt. Hätte ich heute doch nur eine andere Antwort gegeben! Innerlich schnaubte ich abfällig über mich selbst.

Ja, ich könnte nicht nur, ich sollte einfach abhauen. Sollte er doch schauen, wie er nach Hause kam! So würde er wenigstens merken, wie sauer ich war, dass er sich so hatte gehen lassen. »Alles gut, Melli, ich spüre noch gar nichts, ich hab das im Griff«, hatte er gesagt, als der Kellner die fünfte Runde Ramazzotti gebracht hatte. Von wegen. Abhauen sollte ich und daheim den Schlüssel von innen ins Schloss stecken.

Philip betrank sich nicht oft und erst recht nicht so sehr, dass er die Nacht auf der Toilette verbringen musste. Heute war das zweite, vielleicht das dritte Mal in fast sieben Jahren Beziehung. Andere hatten da eine ganz andere Bilanz, das wusste ich. Hinterher würde er zu mir herauskommen, anhänglich wie immer bei diesem Alkoholpegel, und mir erklären, dass alles in Ordnung sei. Er würde genau wissen, dass ich Berührungen jetzt kaum aushalten konnte, und trotzdem immer wieder versuchen, mich in den Arm zu nehmen. Ich würde ihn immer wieder zurückweisen, ihn hundert Mal ausfragen, ob er sich auch die Hände gewaschen hätte, was er alles angefasst hätte, ob seine Klamotten etwas abgekriegt hätten.

Ich sprang von dem gewohnten Gedankenkarussell ab, zumindest für den Moment. Verdammt, warum konnte ich nicht einfach eine wohlbekannte, mädchenhafte Spinnenphobie haben?

Etwas drang durch das Rauschen in meinen Ohren, setzte sich ab vom Einheitsbrei der Hintergrundgeräusche.

»Auf keinen Fall zahlst du die Runde, Kati!«

Ich blinzelte und auf einmal rührte mein Herzklopfen

nicht mehr von der Panikattacke. Wie lang hatte ich diese Stimme nicht mehr gehört!

Ich schob mich ein wenig an der Wand entlang und spähte durch einen Spalt in der Tür in das Diner. Ich war wohl eine ganze Weile in dem Flur zu den Toiletten gewesen; diese große Gruppe fröhlich lachender Menschen war noch nicht dagewesen, als Philip plötzlich in den Flur gestürmt war und ich hinterher.

Sie kehrte mir den Rücken zu und doch erkannte ich sie sofort. Nach Jahren.

Sie stand an der Bar, auf Zehenspitzen. Mit einer Hand hielt sie die Lehne eines der Fünfziger-Jahre-Barhocker fest. Ihre Worte gingen unter im Stimmengewirr, doch sie unterstrich sie mit hektischen Gesten der anderen Hand. Es schien immer noch um die nächste Runde Getränke zu gehen.

»Flo?«

Ohne es zu merken, hatte ich einige Schritte in den Raum hinein gemacht. Ich räusperte mich, meine Stimme versagte. Zögerlich ging ich auf sie zu. Mein Mund war trocken. Ich kramte in meinem Kopf nach anderen Worten als einfach nur ihrem Namen, aber …
Auf einmal waren alle Worte, die ich jemals gekannt hatte, verschwunden. Das war *sie*. Hier. Enge Jeans, ein knapp über dem Hosenbund geknotetes Karohemd mit zu langen Ärmeln, ein Zopf, aus dem sich einige Strähnen gelöst hatten. Ihre aschblonden Haare waren länger, als ich sie in Erinnerung hatte – und ich hatte wieder den Duft dieser Haare in der Nase …

»Hey, Flo!«

Ich stand hinter ihr, als meine Stimme wieder funktionierte und sie mich bemerkte. Sie drehte sich um und ihre Augen weiteten sich im Erkennen, ihr Gesicht strahlte. Sie zog mich in eine enge Umarmung, die Arme in meinem Nacken verschränkt. Sie roch wirklich noch genauso wie damals.

»Melinda! Abgefahren, dich hier zu sehen! Was machst du, wie geht es dir? Es ist ewig her!«

Wir lösten uns voneinander und sie sah mich an. »Du siehst gut aus. Wie du dich verändert hast, wow!«

Ein Lächeln breitete sich auf meinem Gesicht aus. Philip auf dem Männerklo war vergessen und unsere Leute in der Nische an der gegenüberliegenden Wand auch. Es war, als wäre ich in einer Brandung, während Flo mich vorstellte, schnelle Gesten mit beiden Händen, typisch für sie. Ich grüßte die anderen mit einem Nicken, ohne ihnen mehr Beachtung zu schenken. Ehemalige Kommilitonen von Flo. Die Person neben mir fühlte sich so surreal an und war gleichzeitig das Einzige, was in diesem Moment *echt* war.

Wir lehnten uns mangels Sitzgelegenheiten an die Bar, Flo mit einer Flasche Bier, während ich an meiner Cola nippte.

Es war sofort wie früher, als hätten wir uns erst gestern verabschiedet und als lägen nicht Jahre zwischen heute und unserem letzten Treffen, bevor sie die Stadt verlassen hatte. Sie erzählte. Von Berlin, von ihrer Arbeit, von ihren Reisen. Und während sie von Momenten sprach, die ich nicht miterlebt hatte, löste ihre Stimme eine schnelle Diashow aus Bildern und Filmfetzen in mir aus.

Durchwachte Nächte zogen an meinem inneren Auge vorbei, staubige Straßen unter einer schmutzigen

Morgensonne, eine Couch unter freiem Himmel am Rande einer fast verlassenen Bahnstrecke. Flo, die meine Schüchternheit nicht zugelassen hatte und mich wieder und wieder mitreißen konnte, bis ich mich selbst so fühlte, frei und wild.

So nah wir uns damals gewesen waren, so weit waren unsere Leben auseinandergedriftet, seit sie weggezogen war. Nicht einmal Facebook konnte den Kontakt aufrechterhalten. Und hier waren wir nun und es war, als hätte es diese letzten Jahre nicht gegeben. Wir lachten noch immer über die gleichen Dinge, liebten noch immer die gleiche Musik, die gleichen Bücher. Ich hatte ihr vorgelesen, damals, ihr Kopf auf meinem Bauch.

Der Gedanke an Flos Haut ließ meine Fingerspitzen prickeln.

Flo hieß eigentlich Florentine. Oder Floriane? Irgendeiner dieser altmodischsten aller altmodischen Namen, die ich so sehr mochte. Sie konnte ihren richtigen Namen nicht leiden. Oder benutzte ihn einfach nicht. Im Internet hatte sie aus Flo »Flow« gemacht. Das war typisch für sie, Namensneuschöpfungen bis ins Extreme. Die meisten fanden das im besten Falle seltsam, ich hatte es nie in Frage gestellt. Auch mich hatte sie niemals Melli oder gar Melanie genannt. Für sie war ich meistens Mel, daraus wurde irgendwann Melinda, und daraus Me Linda, Linda Mía, Lindíssima und ich weiß nicht mehr, was noch alles. Flo hatte ein Faible für Spanisch und ein noch viel größeres für Übertreibungen.

Manchmal hatte ich sie Idgie genannt, in leisen, privaten Momenten, nach Idgie Threadgoode aus dem Film »Grüne Tomaten«, meine erklärte Traumfrau. Sie war stark und direkt, ließ sich von niemandem was sagen. Und sie hatte ein großes, ebenso starkes Herz. Flo war wie eine moderne Version von Idgie. Nur schöner.

Wir hatten beide neue Erinnerungen geschaffen in den letzten drei Jahren, jede für sich. Philip und ich hatten eine Wohnung gefunden, die wir uns ohne sein Gehalt niemals hätten leisten können. Wir waren dort eingezogen und lebten seitdem ein sehr erwachsenes Leben. Den Kredit für diese Wohnung aufzunehmen, war das Abenteuerlichste, das ich in den letzten Jahren getan hatte. Ich hatte nicht viel zu erzählen und trotzdem leuchteten Flos Augen bei jedem meiner Worte. Auch das hatte ich immer an ihr gemocht, ihr aufrichtiges Interesse.

»Wie geht es Phil?«, fragte sie. Auch bei Philips Namen kam sie nicht umhin, ihn abzukürzen.

Ich verzog das Gesicht. »Er ist … nun ja …« Mein Blick huschte zu der Tür mit den WC-Symbolen. »Er hat etwas zu viel abgekriegt heute Abend.« Beim Gedanken daran, später mit ihm heimfahren zu müssen, kehrte der Schweißfilm zurück auf meine Handflächen.

»Frische Luft?«, fragte Flo.

Natürlich wusste sie von meiner Phobie, sie war eine der wenigen. Ich nickte.

»Wie kommst du denn dann nach Hause?«, fügte sie hinzu.

Ich grinste sie an. »Komm, ich zeig dir was!« Draußen führte ich sie zum Parkplatz und zu meinem Auto. »Und? Was sagst du?«

Flo und ich hatten uns früher immer einen Spaß daraus gemacht, Probefahrten zu vereinbaren, ohne die Autos jemals wirklich kaufen zu wollen. Wir waren uns damals sicher, wir würden beide noch bis ins Rentenalter mit Fahrrad oder Bahn unterwegs sein.

»Deins? Ist ja abgefahren!« Flo zeigte sich begeistert und ich lachte.

»Nur eine alte Rostlaube.«

Sie sah über die Schulter zu mir, ein schelmisches Glitzern in den Augen.

Kaum einen Herzschlag später fanden wir uns in dem fünfzehn Jahre alten Fiat Cabrio auf der Landstraße wieder, offenes Verdeck, windgepeitschtes Haar, der wolkige, kühle Nachthimmel über uns.

»Was machst du da?«, rief ich über den Fahrtwind hinweg, als ich das Klicken ihres Sicherheitsgurtes hörte.

»Was wohl?«, rief Flo zurück und ehe ich blinzeln konnte, hatte sie sich in eine stehende Position gezogen und breitete die Arme aus.

»Bist du wahnsinnig?«

»Klar, das weißt du doch!« Und damit schrie sie aus Leibeskräften in die Nacht hinaus.

Ich trat so sanft wie möglich auf die Bremse, bis ich den Wagen auf eine Geschwindigkeit gebracht hatte, bei der ich nicht um Flos Leben fürchten musste.

Flo sah zu mir.

»Na, komm schon, Mel! Wie damals! Drei … zwei … eins!«

Während Flo einen weiteren übermütigen Schrei ausstieß, konnte ich lediglich befangen kichern. Ich holte tief Luft, doch meine Stimme verfing sich in meiner Kehle. Es ging nicht mehr. Verdammt, es war nicht mehr so wie damals, als wir auf dem Deich gemeinsam gegen den Sturm angeschrien hatten.

»Mel?« Flo ließ sich wieder auf den Sitz fallen und sah mich eindringlich an. Dann schlich sich wieder das schalkhafte Lächeln in ihr Gesicht. »Sind wir gerade dabei, durchzubrennen?«, sagte sie leise.

Meine Kehle fühlte sich trocken an.

Flo hatte sich noch immer nicht angeschnallt. Sie hatte einen Arm um ihr angezogenes Knie geschlungen und ihre andere Hand spielte mit meinen Haarsträhnen, die im Wind flatterten.

Fahren, Melli, einfach fahren … Meine Gänsehaut hatte nichts mit dem Fahrtwind zu tun. Die Sekunden zogen sich in die Länge. Ich spürte Flos Präsenz wie ein Brennen auf der Haut.

»Wir sollten zurückfahren«, sagte ich schließlich, ließ ungezählte andere Worte unausgesprochen.

»Alles klar«, sagte Flo leise. Sie ließ ihre Hand auf meine Schulter sinken. Federleicht und vertraut.

Wenn wir schon nicht durchbrennen würden, könnte ich wenigstens rechts ranfahren. Eine neue Geschichte in die Nacht schreiben.

»Weißt du, was so unverschämt lecker schmeckt, dass es verboten werden müsste? Pommes mit Käse und Chili!«

Meine Spannung entlud sich in ein kurzes Auflachen. Depeche Mode sangen etwas von Lügen, die attraktiver seien als die Wahrheit. Die Parkbucht zog an uns vorbei und mein Fuß blieb auf dem Gaspedal, meine Hände am Lenkrad.

Zurück im Diner sah ich Philip an unserem Tisch in der Ecke sitzen. Er stand auf, als er mich sah, und kam auf mich zu. »Hey, sorry, ich …«, begann er mit schwerer Zunge, doch als ich das Gesicht verzog, brach er ab.

»Es geht wieder, alles gut«, flüsterte er. Er versuchte, mir einen schnellen Kuss auf die Schläfe zu drücken.

»Philip, du erinnerst dich an Flo?«, fragte ich und schob sie zwischen uns. Flo überspielte die unangenehme Situation, indem sie Philip überschwänglich begrüßte.

Ein Tisch war frei geworden, die Geburtstagsgesellschaft meiner Kollegin löste sich bereits auf.

Hier waren wir nun wieder, Flo und »Mel« und »Phil«. Wie damals. Hatten wir damals schon gewusst, dass wir diese Zeit einst »die guten alten Zeiten« nennen würden?

Wir blieben, bis das Diner schloss, und verabschiedeten uns hektisch. »Unbedingt mal wieder!«, betonten wir. Und: »Wir schreiben uns!«

Phil schlief während der Fahrt nach Hause. Zum Glück blieben die Vordersitze sauber. Vorhin erst hatte Flo dort gestanden, wo er jetzt saß.

Daheim schaffte ich ihn unter die Dusche. Als ich die Couch zurechtmachte, lehnte er im Türrahmen und erklärte mir zwar lallend, aber sachlich, was er alles getan hatte. Die Dusche sauber gemacht, die Toilette gereinigt, seine Klamotten in die Waschmaschine gesteckt, Zähne geputzt und die Zahnbürste weggeworfen, mindestens drei Mal die Hände gewaschen. Er wusste, dass ich ihn trotzdem nicht neben mir ertragen konnte. Und so drang schon bald sein Schnarchen aus dem Schlafzimmer, während ich hellwach und mit offenen Augen auf der Couch lag. Ich hatte darauf bestanden; es würde sich nicht richtig anfühlen, jetzt im Bett zu liegen. In diesem gewöhnlichen Bett, wie in jeder gewöhnlichen Nacht. Es war keine gewöhnliche Nacht und er ahnte nichts davon. Ich brauchte den Ortswechsel.

Ich ließ den Blick durch das Wohnzimmer schweifen. Wir lebten hier seit vier Jahren, Phil und ich. Gemütlich hatten wir es uns eingerichtet. Und doch war es mir, als sähe ich alles zum ersten Mal. Als würde das Straßenlaternenlicht, das durch die halb geöffneten Lamellenrollos drang, alles verwandeln.

Ich wusste, was es wirklich gewesen war, das alles verwandelt hatte. Wer es gewesen war.

Ich hatte diese Gefühle, die Frauen, die eine Frau, vor langer Zeit eingeschlossen. Sie in eine massive Truhe gesperrt, viel zu schwer, um sie anzuheben. Diese Truhe hatte ich in einen entlegenen Winkel meines Herzens geschoben, wo sie zwar schön aussah, aber ihren Inhalt nicht mehr preisgeben würde. Den Schlüssel hatte ich versteckt, nicht einmal ich selbst könnte ihn noch finden.

Flo war heute Abend kein Schlüssel gewesen, sondern ein Brecheisen. Sie hatte die Truhe hervorgezerrt und aufgebrochen. Wie eine alte Wunde. Nun blutete *sie* daraus hervor, die laute Flo mit ihrer vibrierenden Präsenz, die einen ganzen Raum einzunehmen vermochte, auch dieses stille Wohnzimmer. Mein ganzes Leben, alles, was ich mir so sorgsam aufgebaut hatte, wurde von ihr überflutet. Vielleicht würde diese Flut wieder verschwinden, vielleicht wäre alles am nächsten Morgen getrocknet. Vielleicht würde sich die Wunde wieder schließen. Vielleicht wäre es auch völlig in Ordnung, dass Flo die Wunde aufgebrochen hatte. Vielleicht war es gar keine Wunde, sondern ein Fenster, durch das ich wieder einen Blick geworfen hatte. Vielleicht würde das gar nichts verändern.

Flo würde nicht einfach nur daliegen und die Rollos anstarren. Sie würde zumindest ein Fenster öffnen und die Feuerleiter hinauf aufs Dach klettern für ein wenig Nachtwind. Oder würde sie ihren Rucksack packen und den nächsten Zug buchen? Nach Brüssel zum Schokolade-Essen. Nach Frankreich an die Atlantikküste.

Und wo wäre ich in diesem Szenario?

Ich tat nichts von alldem. Hier lag ich, auf der Couch im Wohnzimmer, aus alten Wunden blutend. Und tat nichts, als es zu genießen. Das Flow-Gefühl.

KATHARINA STEIN

Vielleicht

Das Vielleicht starrt mich über den Tisch hinweg an. Ich blicke ihm in die Augen, die farblich irgendwo zwischen Blau, Braun und Pink liegen, je nachdem, wie das Licht darauf fällt. Dann frage ich, wo die seltsame Farbe in seiner Iris herkommt.

»Weiß ich nicht, vielleicht vom Granatapfelschnaps.« Es grinst mich an und mustert mich von oben bis unten. Seine Blicke geistern über mein kantiges Gesicht, meine schmalen Schultern, meinen zu weiten Ausschnitt.

»Zu welchem Geschlecht gehörst du eigentlich?«, frage ich das Vielleicht und betrachte seinen Pferdeschwanz. Die Schatten des Lokals verwischen seine Konturen. Als hätte jemand mit dem Finger über eine Bleistiftzeichnung gerubbelt. Irgendwas steht auf seinem T-Shirt, aber im Halbdunkel der Barbeleuchtung lässt es sich nicht entziffern. Ich greife nach der Schnapsflasche auf unserem Tisch. Das Zeug klingt besser, als es schmeckt.

»Worauf stehst du denn so?« Flirt steht auf seinen Lippen, auch wenn ich mir nicht sicher bin, ob es grinst oder die Zähne bleckt. Alkohol ist der Finger auf unserer Bleistiftzeichnung.

Der wippende Pferdeschwanz, als es sein Glas an die Lippen hebt, lenkt mich von der Frage ab.

»Ich hab's nicht so mit langen Haaren.« Nicht bei anderen Leuten. Ich hab mir gestern erst die Haare abgeschnitten, Strähne für Strähne, vorm Badspiegel. Das Gewicht, das den Kopf nach hinten gezogen hat, fehlt mir schon jetzt.

In der Zeichnung von mir und dem Vielleicht kann alles passieren, und ich bin auf alles gefasst. Zauberformeln, Fingerschnippen, Funkenflug, irgendwas. Aber es gibt keine Show, seine Haare sind einfach nur plötzlich kurz. Und dunkel. So wie ich es mir immer vorgestellt habe.

»Vielleicht hast du ja die Macht, mich zu dem zu machen, was du vielleicht haben willst. Deine Entscheidung.« Die Worte schaffen es kaum über den Tisch, sind mehr ins Glas genuschelt als an mich gewandt. Der Finger auf dem Bild wird angehoben. Aufschrift auf rotem T-Shirt in Französisch, weil so viele Leute Englisch jetzt zu gut verstehen: *Pas encore mort.*

Ich starre in mein kleines Glas, das meinen Blick nicht fassen kann. Eigentlich will ich Nachschub, aber die Flasche ist leer. Jemand müsste aufstehen, zur Bar gehen, fort von dem Tisch und der zwangsläufigen Zweisamkeit, und dann wäre ein ewiger Moment umsonst gewesen. Wir schweigen.

»Dann solltest du studieren«, schlage ich schließlich vor, um das Loch im Gemeinsam und die leeren Gläser durch Worte zu füllen.

»Philosophie?« Ich schüttle den Kopf. Lieber Medizin, Ingenieurwesen, irgendwas, das immer gebraucht wird. Sicherheit, denn Leidenschaft ist nur Luxus und dieser Luxus gehört mir. Trotzdem jemand, der was von

Texten versteht. Prompt richtet das Vielleicht sich auf, die Augen blitzen spöttisch pink, als sein Kopf der tief hängenden Lampe knapp ausweicht.

»*What's in a name?*«, deklamiert er, und ich ducke mich weg unter den Worten, die nichts mit mir zu tun haben.

»Nicht sowas Altes. Moderne Literatur ist okay, Bukowski und Louise Glück und so, das reicht dann aber auch. Zu meinen Texten solltest du aber was zu sagen haben.«

Das Vielleicht lächelt. »Vielleicht sollte ich dann mal was von dir lesen.«

Ich lächle zurück. Auf der Zeichnung verwischt mein Strubbelkopf.

Wir mustern einander eine Weile. Mein Kopf liegt auf der Tischplatte, vom Alkohol hinabgezogen und dem Vielleicht zugewandt, beide Arme in seine Richtung ausgestreckt. Es muss nur meine Hände nehmen. Nur wenige Zentimeter trennen uns noch von der Berührung.

Finger treffen Finger treffen Bleistiftflecken. Hände verschlingen sich, es folgt unbeholfenes Herumrutschen auf der Bank. Jetzt sitzen wir uns nicht mehr gegenüber, sondern nebeneinander. Kurz frage ich mich, ob die Bar diese Tische extra für erste Dates besorgt hat.

Das Vielleicht legt den Arm um mich, zieht mich an sich. Erster Kuss, flüchtige Berührung, dann länger. Lippen und Zunge schmecken nach Granatapfel. Ich sehne mich nach dem Brennen von Schnaps in der Kehle. Stattdessen gehen wir.

»Vielleicht bleibst du ja«, sage ich. Das Vielleicht lächelt mich an, seine Augen sind nicht mehr pink, die

Wangenknochen dafür markanter. Alles klar, eindeutig, fertig koloriert, Verwischungen beseitigt.

Auf dem Weg zur nächsten Bahn schwanken wir ein wenig. Zu mir, zu ihm oder in ein Hotel, falls es nur zu Besuch in der Stadt ist. Wir lächeln den Zeichnungsfingern nach, als sie den Stift absetzen und wir aus dem Bild verschwinden.

»Vielleicht.«

Schlaflos

Die Bettseite neben ihm war leer, als Kíran aufwachte.

Er wusste nicht, was ihn geweckt hatte. Durch das gekippte Fenster drangen keinerlei Geräusche, die Straße lag in völliger Stille. Waren er und Galdur gerade erst ins Bett gegangen oder wurde es schon bald Zeit zum Aufstehen? Im Schlafzimmer hing keine Uhr, das laute Ticken des Sekundenzeigers hinderte ihn am Einschlafen.

Kíran setzte sich auf und blickte sich im Zimmer um. Seine Augen gewöhnten sich langsam an die nächtliche Dunkelheit und er konnte die Schemen der im Zimmer stehenden Möbel erkennen. Die Durchgangstür zum angrenzenden Kinderzimmer war nur leicht angelehnt, wahrscheinlich war Galdur also gerade bei Callisto und wiegte ihr Kind zurück in den Schlaf. Kein Grund, sich Sorgen zu machen.

Und wenn Kíran ehrlich war, war er erleichtert, dass es Galdur war, der von den Schreien geweckt wurde. Die letzten Male war er es gewesen, der zuerst wach geworden war. Es war also eine angenehme Abwechslung.

Kíran lauschte aufmerksam. Doch noch immer war es still und er nahm das als Anlass, davon auszugehen, dass alles in Ordnung war. Sicher würde Galdur schon bald zurückkehren.

Er gähnte laut und legte sich wieder hin. Es gab keinen Anlass, auf ihn zu warten. Kíran wollte die letzten Stunden Schlaf, egal wie viel oder wenig er noch hatte, auskosten.

*

»Hast du es geschafft, Calli wieder zum Schlafen zu bringen?« Kíran hielt seinen Blick auf die Pfanne gerichtet, als Galdur zu ihm in die Küche trat, ihr quengelndes Kind auf dem Arm.

Galdur beugte sich vor, um ihm einen kurzen Kuss auf die Wange zu drücken.

»Guten Morgen, Liebster. Ist die Milch schon fertig?«

Kíran nahm das Fläschchen Milch aus dem Wasser-bad und prüfte die Temperatur mit einigen Tropfen auf seinem Handgelenk. Warm, aber nicht zu warm.

Zufrieden reichte er seinem Ehemann die Flasche und strich über Callistos violetten Haarflaum. Das Baby streckte die kleinen Finger nach der Flasche aus.

Kíran beobachtete Galdur dabei, wie er ihr Kind fütterte. Wie weich seine grünen Augen doch wurden, wann immer er Callisto ansah.

Galdur hatte sich rasiert und sein schwarzes Haar zu einem einfachen Zopf geflochten, der über seine Schulter hing. Er hatte noch geschlafen, als Kíran aufgestanden war. Dabei war Galdur sonst derjenige, der früh aufstand. Doch die tiefen Augenringe verrieten Kíran, dass sein Ehemann anscheinend immer noch müde war.

»Ich weiß, dass wir ein Anblick für die Gottheiten sind, aber ich fände es super, wenn du unser eigenes

Essen nicht anbrennen lässt«, meinte Galdur und schmunzelte dabei, ohne von Callisto aufzublicken.

Kíran blickte ihn über die Ränder seiner Brillengläser skeptisch an.»Du bist derjenige, der letztens unsere Küche beinahe abgefackelt hat«, erinnerte er ihn an das Desaster, als sein Ehemann ihn mit einem Kuchen zum Jahrestag überraschen wollte und diesen im Ofen vergessen hatte.

»Das war ein Unfall«, entgegnete Galdur peinlich berührt.

»Ein Unfall?« Kíran stellte die Flamme niedriger und rollte mit den Augen. »So wie die anderen Male auch Unfälle waren?«

Galdur streckte ihm die Zunge entgegen. »Komm, Calli«, meinte er zu dem Baby auf seinem Arm, das inzwischen verstummt war und gierig an der Flasche nuckelte. »Wir sind hier nicht erwünscht.«

Kíran lachte und schüttelte den Kopf, während Galdur die Küche verließ und in das angrenzende Esszimmer trat.

»Zufrieden? Wenn die Küche jetzt in die Luft fliegt, ist es nicht meine Schuld«, rief er ihm durch die offenstehende Tür zu.

Kíran reagierte nicht, sondern stellte den Herd aus und befüllte die beiden Teller mit Rührei und gebratenem Speck.

*

Galdur saß am Esstisch. Callisto hatte die Flasche inzwischen geleert und lag nun in der Wiege daneben. Mit großen Augen schaute das Baby auf die Symbole ihrer Gottheiten, die an einem Mobile über der Wiege hingen, gluckste vergnügt und streckte sich immer mal wieder in die Höhe. Zwar hatte Callisto bereits ihre Flügel, würde aber glücklicherweise erst in ein paar Jahren lernen, diese richtig einzusetzen.

»Also?« Kíran stellte die Teller ab und nahm gegenüber seines Ehemannes Platz. Eine kleine Handbewegung und eine Windbrise wehte durch das Zimmer und das Mobile drehte sich im Kreis.

»Hm?« Galdur blickte fragend auf.

»Ist Calli gestern Nacht wieder eingeschlafen?«, wiederholte er seine Frage. »Ich bin wachgeworden und du warst nicht da.«

Galdur blinzelte mehrfach und sah ihn verwundert an, so als wüsste er nicht, wovon Kíran redete.

»Oh … Ja, ist Calli, ja. Entschuldige, ich bin wohl noch etwas müde«, murmelte die Walküre schließlich.

Kíran lächelte sanft. »Mach dir keine Vorwürfe«, winkte er die Sache ab. »Komm, lass uns frühstücken und dann sehen wir weiter. Und wenn du dich noch einmal hinlegen willst, mach das ruhig.«

Galdur schüttelte den Kopf. »Wir hatten meinem Elter versprochen, sier heute nach dem Frühstück zu besuchen.«

»Bist du sicher? Aleth wäre dir sicher nicht sauer, wenn du dich noch einmal hinlegst. Du kannst auch später nachkommen.«

»Damit du dir wieder Unmengen von unnötigem Zeug für Calli andrehen lassen kannst?« Galdur schüttelte den Kopf. »Glaub mir, es ist besser, wenn ich mitkomme.«

Erschöpft ließ sich Kíran auf den Rücken fallen. Seine Brust hob und senkte sich und er ließ seine Hand zu Galdur wandern, verhakte ihre Finger miteinander.

»Woah!«, stieß er aus und drehte seinen Kopf zu Galdur. »Das war …«

Galdur erwiderte seinen Blick. »Nun, so laut wie du warst, dachte ich mir schon, dass es dir gefallen hat.«

Kíran lachte und zerrte eins der rosafarbenen Kissen unter sich hervor, ehe er seinem Ehemann gegen die nackte Brust schlug.

»Du wolltest es doch«, beschwerte er sich und rückte näher an die andere Walküre, bettete seinen Kopf auf seiner Schulter.

»Dann sollten wir es bei nächster Gelegenheit wiederholen«, schlug Galdur vor.

»Unbedingt«, stimmte Kíran zu. »Aber manchmal will ich lieber leisen Sex, weil es besser zum Tag passt.«

»Ich auch.« Galdur lächelte in sich hinein. »Jedes Mal mit dir ist wunderschön. Meinst du, wir finden noch jemanden, der uns Callisto für eine Nacht abnimmt? So allmählich wissen doch alle, was für ein Schreihals unser Kleines ist.«

»Ach was«, winkte Kíran ab. »Wir lassen Calli einfach vor ihrer Tür stehen. Dann können sie nicht anders.«

»Hmpf.« Galdur rutschte weg und setzte sich auf.

»Schatz?« Verwundert starrte Kíran auf Galdurs braunen Federflügel und das Haar, dass ihm wild über den Rücken fiel. Galdur sollte wissen, dass er nur scherzte. Sie beide vermissten Callisto. Auch wenn sie es nicht laut aussprachen, beide freuten sich darauf, wenn sie morgen früh ihr Kind bei Kírans Eltern abholen konnten.

Sie hatten das Konzert einer jungen Sängerin besucht. Isaac, ein gemeinsamer Freund, hatte sie am Nachmittag mit den Karten überrascht und glücklicherweise hatten Oleana und Frey sich bereit erklärt, auf Callisto aufzupassen. Es war ein wundervoller Abend gewesen, obwohl sie beide die junge Frau und ihre Musik nicht kannten. Isaac hatte ihnen erzählt, dass die Sängerin namens Iona eine Arile war. Eine der Spezies, die in den Tiefen des Ozeans lebten und bekannt für ihre Gesangsstimme war. Iona hatte ihren Fischschwanz gegen zwei Menschenbeine getauscht und lebte nun hier an Land.

Kiran stützte sich mit dem Ellbogen auf dem Kissen ab und und wendete den Blick nicht von Galdur ab, dessen Kopf leicht zum Kinderzimmer gerichtet war. Keiner der beiden sagte etwas. Kíran fragte sich, was in ihm vorging. Er wusste, dass sie beide gestresst und übermüdet waren. Ein Kind zu erziehen bedeutete nun mal Arbeit, das war ihnen von Anfang an klar gewesen. Sie waren bereit gewesen, schlaflose Nächte und mehr in Kauf zu nehmen, nur um sich den Wunsch eines gemeinsamen Kindes zu erfüllen.

Aber war das wirklich alles, was in Galdur vorging? Kíran wollte ihn nicht drängen, etwas zu sagen. Galdur wusste, dass er mit ihm über alles reden konnte. Und früher oder später würde er es ganz gewiss auch tun. So war es immer.

»Ich hole mir was zu trinken«, erklärte dieser und erhob sich vom Bett. »Warte nicht auf mich.«

Ein verdutzt dreinblickender Kíran blieb zurück.

»Nicht auf dich warten?«, wiederholte er seine Worte. Wie konnte Galdur so etwas überhaupt denken? Kíran spürte doch, dass etwas nicht in Ordnung war.

Er würde erst schlafen, wenn Galdur wieder da war. Er setzte sich auf und trommelte mit den Fingern gegen die Bettkante.

Minuten, die sich wie Stunden anfühlten, verstrichen. Weshalb brauchte Galdur so lange? So lange konnte es doch wirklich nicht dauern, ein Glas Wasser zu trinken.

Schließlich näherten sich Schritte und Kíran stieß einen erleichterten Seufzer aus.

Galdur blickte erstaunt auf, als Kíran ihm entgegen eilte, die Arme ausstreckte und vor ihm stehen blieb. Vielleicht sollte er seinen nächsten Schritt noch einmal überdenken.

Doch Galdurs gekrümmte Statur, wie er seine Arme vor der Brust verschränkte und die Flügel nach vorne gebeugt hatte, sagten das aus, was er nicht aussprach. Kíran kannte ihn gut genug, um zu wissen, dass er seine Erlaubnis hatte.

Er zog seinen Ehemann an sich und umarmte ihn innig.

»Ich habe doch gesagt, dass du nicht auf mich warten sollst«, murmelte Galdur und schlang seine Arme ebenfalls um ihn. »Danke.«

Für eine Weile hielten sie sich gegenseitig fest, während sie nur wenige Zentimeter über den Boden schwebten. Kírans Finger kämmten durch Galdurs langes Haar, um ihn zu besänftigen. Und auch dieses Mal wirkte es und es dauerte nicht lange, Galdur sich entspannte. Schon bald hatte er seinen Kopf auf Kírans

Schulter gelegt. Kíran summte dabei eins der Lieder, die sie vorhin im Konzert gehört hatten.

»Ist es lächerlich, wenn ich Calli vermisse, obwohl es nicht die erste Nacht ist, in der wir nur zu zweit sind?«, fragte Galdur schließlich, als die beiden sich wieder hinlegten, ihre Gliedmaßen so ineinander verknotet, dass keiner sagen konnte, wo der eine anfing und der andere aufhörte.

Kíran schüttelte den Kopf. »Ich vermisse Callisto auch«, gestand er leise.

»Es ist einfach nur … Ihre Lieder haben mich an Calli erinnert«, erwiderte Galdur nach einer Weile Stille. »Ich kann es nicht einmal richtig erklären, es ist eher wie ein Gefühl, dass ich bekommen habe, als ich ihr zugehört habe.«

Kíran wusste, wovon er redete. Er empfand das Gleiche. Aber Callisto war bei seinen eigenen Eltern bestens aufgehoben und morgen würden sie ihr Kind wieder in die Arme schließen.

Galdur seufzte und bettete seinen Kopf auf Kírans Schulter, während er mit dem Finger die Schwert-Tätowierung auf Kírans Brust nachzeichnete. Das Gegenstück, ein Schild, befand sich auf seinem Körper an gleicher Stelle.

»Immerhin können wir mal wieder durchschlafen«, erinnerte Kíran ihn und drückte einen sanften Kuss auf seine Stirn. »Sieh es also positiv.«

»Ich weiß, mein Schild. Und ich bin deinen Eltern auch dankbar, dass sie Callisto für die Nacht zu sich genommen haben. Und trotzdem kann ich nicht abwarten, bis endlich morgen ist.«

»Glaub mir, es geht mir genauso, mein Schwert.«

*

Oleana wartete bereits draußen vor der Haustür auf Kíran und Galdur, die gerade den Weg vom Gartentor zum Haus von Kírans Eltern entlang gingen. Verwundert tauschte er einen Blick mit Galdur aus. Es war ungewöhnlich, dass seine Mutter draußen auf sie wartete.

»Bitte sag mir nicht, dass Calli euch die ganze Nacht wachgehalten hat und ihr unser Kind jetzt so schnell wie möglich loswerden wollt«, scherzte Galdur.

Oleana schüttelte den Kopf. »Frey fühlt sich seit ein paar Stunden nicht so gut«, erklärte sie den beiden. »Sicher ist es nur eine kleine Erkältung, aber wir wollten nicht riskieren, dass sich Callisto ansteckt.«

»Oh.« Kíran runzelte seine Stirn. Er konnte sich nicht erinnern, wann sein Vater das letzte Mal krank gewesen war.

»Mach dir keine Sorgen, Kíran«, beschwichtigte sie ihn und legte Callisto in den Kinderwagen. Das Baby, nicht gerade erfreut darüber weggelegt zu werden, meckerte dabei.

»Sicher wird er in ein paar Tagen wieder wohlauf sein. So eine kleine Erkältung kriegt meinen Frey schon nicht klein.«

»Ich weiß, Mama«, murmelte er. Trotzdem sorgte er sich. Seine Eltern waren schließlich auch nicht mehr die Jüngsten. Das kurzgeschorene Haar, das einst das gleiche Violett wie Kírans Haare gehabt hatte, war inzwischen vollständig ergraut und tiefe Falten zogen sich durch ihr Gesicht.

Oleana trat zu ihrem Sohn und legte ihm eine Hand auf die Schulter. Sie lächelte und blickte ihn durch ihre Brille aufmunternd an. Seine Weitsichtigkeit hatte er von ihr geerbt.

»Ich hoffe, ihr habt euren Abend genossen?«, fragte sie neugierig.

Galdur nickte und berichtete vom Konzert. »Ihre Stimme ist wirklich wunderschön, Oleana. Wenn sie wieder in der Nähe ein Konzert gibt, nehmen wir euch mit.«

»Aber sie meinte doch gestern, dass sie nicht wüsste, wann sie wieder nach Abradh kommt«, warf Kíran ein.

»Nun, irgendwann wird sich die Gelegenheit bestimmt ergeben.«

»Das klingt wunderbar«, meinte Oleana und warf dann einen Blick Richtung Haus. »Ich sollte wohl am besten nach Frey sehen. Braucht ihr sonst noch etwas?«

»Nein, danke«, meinte Galdur. »Danke euch fürs Aufpassen.«

Oleana umarmte ihn zum Abschied und gähnte dabei. »Immer gerne. Auch wenn Callisto uns die halbe Nacht wachgehalten hat. Kíran war viel einfacher zum Einschlafen zu kriegen.“

»Mama!« Entrüstet blickte er sie an und umarmte sie ebenfalls.

»Melde dich, wenn etwas mit Paps ist, okay?«, bat er sie.

Oleana nickte. »Ich bin sicher, ihm wird es heute Abend schon wieder besser gehen.«

Sie betrat das Haus wieder. Die Tür fiel ins Schloss und die drei waren wieder alleine.

Kíran hakte sich bei Galdur ein.

»Frey ist sicher bald wieder auf den Flügeln«, sprach dieser ihm zu, während sie die Straße entlang gingen und den Kinderwagen vor sich herschoben.

Kíran erwiderte sein Lächeln. Er und Mutter hatten sicher recht. Vater würde es schon bald wieder besser gehen. Es gab keinen Grund, sich Sorgen zu machen.

»Was hältst du von einem kleinen Spaziergang?«, schlug er vor. »Wir waren lange nicht mehr im Park.«

»Sehr gerne.« Sie überquerten die Straße und gingen an einigen Reihenhäusern vorbei. Galdur schob den Kinderwagen über die Rampe, während Kíran die Stufen hinunterflog.

Der Park war gut besucht, anscheinend waren sie nicht die Einzigen, die die letzten Tage Sonnenstrahlen genießen wollten. Eine Gruppe Kinder aus Orks und Walküren kickte und warf sich einen Ball zu. Drei ältere Elfen, die händchenhaltend auf einer Bank am See saßen. Weitere Eltern mit ihren Kindern, einige schoben ebenfalls Kinderwagen vor sich her und andere trugen ihr Kind auf dem Arm. Hunde, die miteinander spielten.

Kíran lehnte seinen Kopf gegen Galdurs und beobachtete Callisto. Das Baby gluckste und gab unverständliche Geräusche von sich, während es mit den gleichen, grünen Augen wie Galdurs zu ihm aufsah. Irgendetwas verriet ihm, dass diese Stille nicht mehr lange anhalten würde. Aufmerksam sah er sich um. Alles wirkte ruhig und idyllisch. Es wehte eine leichte Brise, die die Blätter zum Rascheln brachte, und am Himmel war keine einzige Wolke zu sehen. Ein perfekter Tag und trotzdem wurde Kíran das Gefühl nicht los, dass es jeden Moment vorbeisein konnte.

Neben ihm blieb Galdur stehen. Er schien das Gleiche zu spüren.

Sie passierten die Statue ihrer obersten Göttin Brynhildr. Sie blickte stolz gen Himmel und hielt das Schwert mit ausgestrecktem Arm fest, während die Flügel weit gespreizt waren. Ihretwegen hatte ihre Spezies, die an den Federflügeln in Brauntönen, dem Gefieder um die Ohren und teils auch an ihrem kämpferischen Gemüt zu erkennen waren, sich nach den Walküren der alten Welt benannt.

Ein Elfenkind stolperte aus einem der Gebüsche und einer der Hunde bellte laut, als er das humanoide Wesen bemerkte.

Callisto verzog das Gesicht und fing an, zu schreien. Ein Ork rannte zum Hund und schimpfte dabei laut über diesen »unfähigen Köter, der ständig alles anbellen muss, was er nicht zuordnen kann«.

Galdur beugte sich vor, um Callisto aus dem Kinderwagen zu nehmen. »Hey, es ist alles gut«, redete er behutsam auf ihr Baby ein und wiegte es.

Der Hund verstummte.

Callisto schrie noch immer. Einige andere Eltern warfen ihnen einen mitleidigen Blick zu, kannten sie diese Szene doch nur allzu gut.

»Schhh, schhh.« Kíran strich Callisto über den Rücken, während Galdur auf und ab wippte. »Es ist alles gut, Calli.«

Kíran erinnerte sich an eines der Lieder von gestern Abend und sang die wenigen Strophen, die ihm in Erinnerung geblieben waren.

Galdur stimmte ebenfalls in Kírans Gesang ein und gemeinsam sangen sie ihrem Kind das Lied vor, von dem die Sängerin gemeint hatte, es sei der Gruppe Frauen gewidmet, die sie großgezogen hatte. Das Lied war ein Dankeschön für die jahrelange Liebe, die sie ihr gegeben hatten und dass sie alles richtig gemacht hatten in ihrer Erziehung.

Ob Callisto auch eines Tages so denken würde?

Mit tränenden Augen sah Callisto die beiden an und das Geschrei wurde leiser, bis es schließlich verstummte und das Baby aufmerksam lauschte.

Kíran wischte Callisto die Tränen aus dem Gesicht und sah Galdur erstaunt an.

»Hat Calli gerade wirklich aufgehört zu weinen?«, fragte er nach. Galdurs Gesichtsausdruck war genauso verblüfft.

Dann lachten sie beide. All die Wochen, in denen sie schlaflose Nächte verbracht hatten, weil Callistos Geschrei sie wachgehalten hatte, und nun hatten sie die Lösung gefunden. Oder eine potentielle Lösung gefunden. Zwar hatten sie ihr schon öfters Lieder zum Einschlafen vorgesungen, aber so schnell hatte sich Callisto noch nie beruhigt. War es bloßer Zufall gewesen oder doch wegen dieses Liedes? Sie mussten es beim nächsten Mal wieder probieren.

eine Woche später

Die Bettseite neben ihm war wieder leer, als Kíran wach wurde.

Er setzte sich auf. Etwas war anders als letztes Mal, als er mitten in der Nacht wachgeworden war.

Doch genau wie damals war auch jetzt kein Ton zu hören.

Er seufzte und ließ sich nach hinten auf die Matratze fallen. Sicher war alles in Ordnung und er bildete sich das nur ein. Immerhin war der Tag anstrengend genug. Kírans Brust zog sich zusammen, als er an die Beerdigung seines Vaters dachte.

Vielleicht sollte er trotzdem nach Callisto sehen. Kíran setzte seine Brille auf, ging zur Tür und öffnete diese.

Callisto lag schlafend im Bettchen. Galdur stand davor, die Hand gegen den Mund gepresst, während er den Säugling beobachtete.

»Liebster?« Kíran betrat das Zimmer. »Alles in Ordnung?«

Galdur reagierte nicht. Erst als Kíran ihn fast erreicht hatte, blickte er auf. Ihm standen Tränen in den Augen.

»Habe ich dich geweckt?«, fragte Galdur.

»Callisto hat nicht geschrien, als du neulich nicht im Bett warst«, sprach Kíran den Gedanken aus, der ihn schon seit Längerem plagte. »Was ist los, mein Schwert?«

Galdur wich seinem Blick aus und schaute stattdessen wieder auf Callisto. Die Decke hob und senkte sich gleichmäßig mit jedem Atemzug.

Kíran legte einen Arm um ihn. »Lass uns zurückgehen. Sonst wecken wir Calli noch.«

Galdur nickte und ließ sich von ihm aus dem Zimmer ziehen. Kíran lehnte die Tür wieder leicht an und bugsierte Galdur zum Bett.

Er schnappte sich die Haarbürste, die Galdur auf dem Nachttisch liegen hatte und setzte sich hinter seinen Partner.

»Darf ich?«, fragte er und Galdur nickte. Dann fing er an, sein Haar zu bürsten.

Galdur seufzte und Kíran spürte, wie dieser sich beruhigte und sich auf die Bürstenstriche konzentrierte. Wenn er weitermachte, würde Galdur bestimmt bald entspannt genug sein, um wieder einzuschlafen. Und sicher, sie hatten morgen auch noch Zeit zum Reden, aber Kíran kannte ihn gut genug, um zu wissen, dass Galdur jetzt reden wollte. Er brauchte nur etwas Zeit.

»Die Albträume sind wieder da.«

Kíran hielt in seiner Bewegung inne. Auch wenn Galdur nicht sagte, welche Albträume, er wusste genau, wovon er redete. Kíran senkte die Bürste und legte sie aufs Kissen.

»Seit wann?«, fragte er leise.

Galdur zuckte mit den Schultern. »Ich glaube, ungefähr seit Callis Geburt«, erklärte er und Kíran versteifte sich. Callisto war fast vier Monate alt. Solange plagten Galdur diese Träume schon und er hatte nichts bemerkt. »Sie sind schlimmer dieses Mal. Ich muss hilflos mit ansehen, wie sie meine Eltern verletzten. Wie sie dich und Callisto verletzen.«

Kíran biss sich auf die Unterlippe. Ihnen würde hier nichts geschehen. Aber Träume waren nicht rational und nachdem, was sie erlebt hatten, war es nur verständlich, dass Galdur zweifelte.

»Wir sind in Sicherheit«, erinnerte Kíran ihn. »Und solange Callisto nicht dort hinreist, wird unserem Kind nichts passieren. Calli wird zu einer wundervollen Walküre heranwachsen. Und egal für welche Waffe sich unser Kind entscheidet, Callisto wird ein Wunderkind damit. Immerhin hat Calli unsere Gene geerbt.«

»Aber auch nur durch Magie«, erinnerte Galdur ihn.

»Das macht Callisto nicht weniger zu unserem Kind«, entgegnete Kíran und umarmte seinen Ehemann von hinten. »Lass uns morgen bitte einen Termin bei Doktor Bendils ausmachen für dich.«

»Okay. Ich hätte ihn schon längst kontaktieren sollen. Es tut mir leid, dass ich dir nichts gesagt habe.«

»Schon gut«, murmelte Kíran. Er hatte kein Anrecht darauf, jeden Gedanken Galdurs zu erfahren. Selbst als sein Ehemann nicht. Zumindest hatte er rechtzeitig bemerkt, dass etwas nicht stimmte, ehe Schlimmeres passieren konnte. Sie würden das schon durchstehen.

Galdur drehte seinen Kopf, um Kíran anschauen zu können.

»Ich weiß, es ist Callistos Leben, aber … mir wäre es am liebsten, wenn Calli ebenfalls einmal zur SkyGuard geht.«

Kíran hielt inne. »Warum?«

Immerhin war es doch Callistos Entscheidung. Und ja, auch wenn seine und Galdurs Familien seit Generationen für die Organisation arbeiteten, die seit dem Bau der ersten Luftschiffe den Luftschiffverkehr beschützte, wenn Callisto einen anderen Weg gehen wollte, dann würden er und Galdur das akzeptieren. Dachte er zumindest.

»So können wir Callisto am besten beschützen. Und selbst wenn uns etwas zustößt, wir haben immer noch genug Freunde in der SkyGuard, die diese Aufgabe übernehmen, bis Callisto alt genug ist, selbst zu kämpfen. Ich würde es mir nie verzeihen, wenn Calli das Gleiche widerfährt, was wir erlebt haben. In der SkyGuard können wir am besten dafür sorgen, dass Callisto niemals dorthin reist.«

Kíran zögerte. Er verstand Galdur nur allzu gut. Allein die Vorstellung bereitete ihm Magenschmerzen. Und doch… es war Callistos Leben.

»Wenn Calli sich gegen die SkyGuard entscheidet, dann …«, setzte er an.

»Dann werde ich es akzeptieren. Ich werde unser Kind zu nichts zwingen.«

»Gut. Wir sollten es Callisto eines Tages sagen. Wir können die Sache nicht für immer geheimhalten vor Calli.«

»Irgendwann werden wir es Calli sagen. Aber bis dahin soll es ein Geheimnis bleiben.« Galdur stand auf und drehte sich zu Kíran um. »Danke, dass du mir vertraust«, sprach er und beugte sich nach unten, um ihn zu küssen.

»Ich würde dir mein Leben anvertrauen, mein Schwert«, murmelte Kíran und erwiderte den Kuss.

»Und ich dir das meine, mein Schild«, flüsterte Galdur und hielt ihm seinen kleinen Finger entgegen. Ohne nachzudenken ergriff Kíran diesen mit seinem eigenen.

Das letzte Mal hatte Galdur geschworen, ihm immer treu zu sein und dass sie eines Tages eine Familie gründen würden. Fast zehn Jahre waren seitdem vergangen. Sie waren erwachsener geworden. Jetzt war da keine magische Orchidee mehr unter ihren Händen. Aber die Symbolik war die Gleiche.

»Für Callisto«, waren die einzigen Worte, die Galdur aussprach.

»Für Callisto«, erwiderte Kíran.

Sie würden ihr Leben für ihr Kind geben, wenn es sein musste.

CATHERINE STREFFORD

Ein guter Tag zum Liegen

»Was machst du da?« Pauline war aus dem Haus getreten und stand mit verschränkten Armen vor Alma, die im Gras lag. Auf dem Bauch liegend, das Gesicht zur Seite gedreht, weg von Pauline. Leblos. Nur wenn Pauline genau hinsah, waren das leichte Heben und Senken ihres Oberkörpers und die Atemwölkchen vor Almas Mund wahrzunehmen.

»Ich liege hier«, entgegnete Alma, als sei es selbstverständlich, mitten am Tag im eisigen November vor Wohnhäusern auf Rasenstücken zu liegen, auf denen sich sonst nur Hunde entluden.

»Das sehe ich.« Pauline verschränkte ihre Arme noch etwas fester. Das war besser so, um Alma gegenüber nicht handgreiflich zu werden. Und diesen Wunsch löste Alma in Pauline recht häufig aus. »Aber *warum* liegst du da?«

»Ich finde«, sagte Alma und holte Luft, als würde sie im nächsten Moment in Wasser springen, um lange zu tauchen. »Es ist ein guter Tag zum Liegen.«

Pauline presste die Lippen aufeinander, um nicht auszurasten. Gemächlich sprangen ihre Daumen nacheinander von einem Finger zum anderen, ebenfalls eine Angewohnheit, mit der sie sich zu beruhigen versuchte.

Es dauerte drei weitere tiefe Atemzüge, um sich zu erinnern, dass Pauline es mit jemandem zu tun hatte, bei der jegliche Vernunft, jeglicher Versuch, ihr Üblichkeit zu vermitteln, verschwendete Lebenszeit war. Darum fragte sie schließlich so gelassen, wie ihr nur möglich war: »Ich meine, warum du hier, ausgerechnet vor meiner Wohnung, liegst?«

Pauline wusste, warum Alma vor ihrem Wohnhaus lag und sie war sich sicher, dass auch Alma wusste, dass sie es wusste. Aber Pauline würde es leugnen und Alma schien sich den perfekten Liegetag nicht mit Streitereien verderben zu wollen, denn sie sagte nur: »Es ist schön, hier zu liegen.«

Und da wusste selbst die sonst so schlagfertige Pauline einen Moment lang nichts zu sagen.

»Komm, leg dich zu mir«, forderte Alma Pauline auf, das Gesicht immer noch von ihr abgewandt.

»Das werde ich nicht tun.«

»Komm schon. Leg dich zu mir. Es ist ein toller Liegeplatz. Und ein toller Liegetag.«

Pauline entfuhr ein Schnauben. Das war es nun mal, was sie am besten konnte. Schnauben und darin all ihren Unmut über solcherlei Schrullen platzieren. Ein toller Liegeplatz. Von wegen! Wenn sie sich das Stückchen Wiese ansah, sah sie nur die unzähligen Nachbarn, die mit ihren Kötern vorbeispazierten und Pisse und Haufen daließen. Die aus ihren Fenstern blickten und sie beide auf dem vollgepissten Gras sehen und sich sonst etwas dabei denken würden.

»Die Sachen kann man waschen«, sagte Alma, als hatte sie Paulines Gedanken ebenfalls hören können.

Das war Pauline unheimlich. Alma, die immer Sachen sagte, als könnte sie direkt in Paulines Gehirn sehen. Als sei diese vor Alma völlig nackt und durchsichtig und das, obwohl sie sich kaum kannten. Leute, die andere Lebensweisen verfolgten, als derer, mit denen Pauline aufgewachsen war, waren ihr grundsätzlich unheimlich. Sie hatte nie gelernt, damit umzugehen. Sie wusste nicht, wie sie sich verhalten sollte. Bisher hatte sie nur gelernt, dass Alma von Widerworten und Protesten noch mehr angestachelt wurde. Darum gab sie nach – Almas Unablässigkeit und ihrer eigenen Neugierde. Pauline ging um sie herum und legte sich ebenfalls auf das Grasstück. Kopf an Kopf mit Alma, in die gleiche Richtung blickend. Und da fiel Pauline auf, was Alma die ganze Zeit angesehen hatte: ein letztes Gänseblümchen, das Beton und November trotzte und so nah am Bordstein wuchs, dass weder Autos noch Fahrräder noch Füße ihm etwas anhaben konnten.

»Du bist unglaublich«, sagte Pauline.

Alma entgegnete nichts.

»Und wie lange liegen wir nun hier?«, fragte Pauline, die ein Steinchen fühlte, das unangenehm gegen ihren Hüftknochen drückte, die Feuchtigkeit, die ihre Jeans aufsog und das gefrorene Gras, das ihre Wange pikste wie ein Nadelbett.

»So lange wir wollen.« Alma klang wie ein Kind, das im heißesten Sommer eine Karte fürs Freibad gewonnen hatte.

»Aber es ist kalt.« Paulines Haut kribbelte von der Gänsehaut, die sich über Nacken, Rücken und Arme ausbreitete.

»Ja, weil du dich darauf konzentrierst.«

»Hier ist ja sonst auch nichts«, blaffte Pauline und drückte sich vom Boden hoch. Sie sah aus, als wäre sie während eines Liegestützes zusammengebrochen. Ein Ziehen in ihrer Schulter zwang Pauline, ihr Gewicht zu verlagern. Eine Gardine hinter den Fenstern des Nachbarhauses wackelte sacht. Nun war es nur eine Frage der Zeit, bis sich herumgesprochen hatte, dass sie tagsüber nichts Besseres tat, als vor dem Haus rumzuliegen. Pauline seufzte schwer.

»Wie lange soll das noch so gehen, Alma?«

Alma hatte sich noch immer nicht gerührt. Atmete langsam, wie eine Schlafende und starrte weiter zum Gänseblümchen, das allem trotzte.

»Alma?«

»Es ist nun mal ein super Liegetag«, entgegnete Alma ruhig.

»Ich meine nicht das Liegen«, sagte Pauline gereizt, denn sie wusste genau, dass Alma sehr wohl verstanden hatte, dass sie nicht das Liegen meinte.

»Du weißt, wie lange es dauert«, sagte Alma. Pauline zog ihre Knie zu sich und schlang die Arme darum. Ihre Finger waren durchgefroren, die Nase lief und ihr linkes Ohr brannte vom eisigen Gras, auf dem es gelegen hatte.

»Ist dir nicht kalt?«, fragte Pauline Alma, die wesentlich länger hier draußen gewesen war als sie selbst.

»Nur ein bisschen.« Eine kleine Atemwolke begleitete Almas Antwort. »Wusstest du, dass einem unglaublich warm wird, wenn man erfriert?«

Pauline zog eine Augenbraue hoch. Das passierte

immer, wenn Alma ihr merkwürdiges Wissen über das Leben und die Menschen und alles Dazugehörige preisgab.

»Tatsächlich?«

»Ja. Man nennt das Kälteidiotie.«

»Willst du mir damit sagen, dass du erfrierst?«, fragte Pauline.

»Nein, es ist mir nur gerade eingefallen.« Alma klang, als läge sie in einem warmen gemütlichen Bett und würde jeden Augenblick einschlafen.

Pauline betrachtete sie. Almas dunkelblonde Haare, die ein wenig fettig waren. Die graue Jacke, die vom Rumliegen an den unmöglichsten Stellen fleckig war. Die Jeans mit Löchern, von denen man beim flüchtigen Hinsehen fast glauben konnte, dass es modische Accessoire-Löcher waren.

»Willst du mit nach oben kommen und dich aufwärmen?«, fragte Pauline.

Nun regte Alma sich endlich. Denn Pauline hatte sich geregt. Zwar hatte sie stillgesessen, aber dabei hatte sich in ihr etwas geöffnet und sie hatte einen Schritt auf Alma zugemacht. Pauline hatte ihr die Tür in ihr Leben aufgemacht, wenn zunächst auch nur einen Spaltbreit.

»Du hast mich noch nie gefragt, ob ich reinkommen möchte.« Alma hatte sich umgewandt, sodass sie in Paulines Gesicht sehen konnte.

»Ich weiß.«

»Du hast mich überhaupt noch nie gefragt, ob ich etwas möchte.«

»Ich weiß.« Paulines Gereiztheit stieg erneut an und sie verfluchte sich schon fast, dass sie Alma dieses Angebot gemacht hatte. Was Alma zu spüren schien, denn sie stand auf und wartete, bis Pauline es ebenfalls tat und die Tür aufschloss. Ihre Schritte hallten durch den Flur, als sie hintereinander die Treppe zu Paulines Wohnung hinaufstiegen. Alma sah Pauline dabei zu, wie sie ihre Jacke und Schuhe auszog, machte selbst aber keine Anstalten, ihre Sachen auszuziehen.

»Du darfst dich bewegen«, sagte Pauline und musste über Almas Zurückhaltung lächeln.

»Ich weiß«, antwortete Alma, mit der Andeutung eines Lächelns sah sie Pauline kurz in die Augen.

»Möchtest du vielleicht baden?« Paulines Blick huschte über Almas fettige Haare und die dunklen Ränder unter ihren Fingernägeln.

»Oh«, seufzte Alma froh. »Heute ist ein guter Tag zum Liegen.«

»Ich nehme an, das heißt ja«, beschloss Pauline und ging ins Badezimmer, drehte den Wasserhahn der Badewanne auf. Alma folgte ihr und schien auf Zehenspitzen zu gehen, als wollte sie nicht, dass ein zu lautes Geräusch ihrerseits diesen Traum zerplatzen ließe. Pauline versuchte, nicht allzu genervt von Alma und ihrer Art zu sein, und legte ihr zwei Badetücher auf den Toilettendeckel. Dann schüttete sie einen Schuss Schaumbad in das steigende Wasser und zusammen sahen sie dabei zu, wie sich Schaum und Seifenblasen bildeten.

»Okay, also falls du noch was brauchst, ruf einfach.« Damit verschwand Pauline aus dem Badezimmer und ließ Alma allein. In der Küche machte sie sich eine Tasse Tee. Sie ging davon aus, dass Alma eine lange Zeit das Liegen in der Badewanne genießen würde, darum machte sie nur sich eine Tasse. Sie wärmte ihre Finger daran und sah durchs Fenster hinunter auf das Grasstück, auf dem sie eben noch mit Alma gelegen hatte. Einer der Nachbarshunde erleichterte sich gerade darauf. Ein Glucksen entfuhr ihr.

Und dann aus dem Nichts wurde sie wieder von der Schwere erfasst, die sie ständig begleitete und von der sie nicht gemerkt hatte, dass sie ihr kurzzeitig abhandengekommen war. Eine Schwere, die sich jede Mühe gab, besonders schwer zu sein. Pauline fühlte deutlich die Anstrengung des Atmens, Stehens, des Tassehaltens und aus-dem-Fenster-Schauens. Darum stellte sie die Tasse ab und legte sich, ohne zu zögern, auf den Boden. Trotz Kleidung spürte sie die kühlen Fliesen unter sich. Ihre Füße berührten die warme Heizung und sie betrachtete die schlichte, weiße Decke, mit einer schlichten, weißen Lampe. Voller Staub.

Das Ticken der Wanduhr war zunächst ohrenbetäubend laut. Ein nagendes Geräusch, das sich immer tiefer in Pauline eingrub, sodass sie bald glaubte, das Ticken käme aus ihr selbst und brächte ihren Körper zum Bersten. Doch schließlich schwoll es ab, wurde leiser, als hätte jemand die Uhr aus der Küche getragen. Und Pauline konnte andere Dinge hören. Eine Tür im Erdgeschoss, die zugeworfen wurde, ein Auto, das die Straße entlangfuhr, Vogelgezwitscher, obwohl das Fenster verschlossen war, Almas Bewegung im Wasser zwei Räume weiter. Und ihr eigenes Rauschen. Paulines eigenes Rauschen von Blut und Puls und Atem.

Als Alma schließlich aus dem Badezimmer kam und Pauline in der Küche fand, legte sie sich neben sie auf den Küchenfußboden. Ihr Kopf neben dem von Pauline, ihre Füße im Rahmen der Küchentür. Sie war in ein Badetuch eingewickelt und unter ihren nassen Haaren, bildete sich eine kleine Lache. Alma legte eine Hand auf den Boden zwischen ihre Köpfe. Und nach drei Atemzügen nahm Pauline die Hand, weil es womöglich einfacher war, wenn man all die Schwere nicht alleine tragen musste.

»Ein guter Tag zum Liegen«, flüsterte sie und Alma bestätigte: »Ein guter Tag zum Liegen.«

Autor*innenvitas

Michael Leuchtenberger begann in einer Phase der beruflichen Neuorientierung 2015 mit der Schriftstellerei. Seinen Debütroman *Caspars Schatten* veröffentlichte er 2018 als Selfpublisher über Books on Demand. Der geisterhafte Thriller wurde in einer Reihe deutschsprachiger Buchblogs sehr positiv rezensiert. 2019 gewann Michael Leuchtenberger mit der Kurzgeschichte *Lampionfest* den Schreibwettbewerb *Zeitgeist 2020* von Litopian e.V. Im gleichen Jahr veröffentlichte er mit *Derrière La Porte – elf sonderbare Kurzgeschichten* seinen ersten Erzählband.

Geboren wurde Michael Leuchtenberger 1979 in Bremen. Er studierte Germanistik und Anglistik mit Schwerpunkt Literaturwissenschaft in Oldenburg und Kingston-on-Thames und war anschließend einige Jahre als Redakteur in Hamburg tätig.

Catherine Strefford, 1987er Dorfkind, lebt mit ihrem Mann, unter der Herrschaft zweier Katzen, in Schwerte. Sie liest, gestaltet und schreibt Bücher. Am liebsten schreibt sie über das Menschsein und die Entwicklung dieser Menschen. Sie verabscheut Happy Ends und mischt Genres wie andere die Zutaten für Cocktails.

Tee ist ihr Kaffee, Twitter ihr Pausenhof und Kekse durchaus ein angemessenes Hauptnahrungsmittel.

Lily Magdalen (geboren 1987), Geschichtenerzählerin in Papier und Chrom, dunkelbunte Herbstseele, brennt für Worte und Magie. Die Begegnung mit einem einzelnen Wort reicht ihr aus, um die Finger auf der Tastatur zum Fliegen zu bringen, Sätze flüsternd über die Zunge tanzen lassen und Bilder im Kopf zu malen. Im November 2020 ist ihr Debütroman *November-könig – Eine Erzählung in sieben Mondphasen* bei BoD erschienen. Wenn sie nicht gerade die nächsten Wort-Irrlichter aus der Luft fängt oder sich im Tanz verliert, arbeitet sie freiberuflich als Lektorin und Korrektorin in der Nähe von Stuttgart.

Alex Prum, Jahrgang 1989, wurde im Ruhrpott geboren, ist seit sierer Geburt jedoch viel rumgekommen. Alex hat unter anderem eine Weile in Österreich und Berlin gelebt, arbeitet zurzeit jedoch in Münster an sieren Masterabschluss in der Wirtschaftsinformatik. 2018 veröffentlichte sier sieren Debütroman *Der Schleier der Welt* gemeinsam mit sierem damaligen Partner Sven Kreuer. Auf sierer Webseite *Alpakawolken.de* bloggt sier zudem über Filme, das Schreiben, Mythologie und Geschichte.

Charley Queens, Anfang der Neunziger geboren, lebt und arbeitet als Rechtsanwaltsfachangestellte in Nordhessen. Sie hat sich seit ihrer Kindheit für Bücher und das Schreiben begeistert. Am liebsten hält sie sich in fantastischen Welten auf und bevorzugt Geschichten mit queeren Protagonist*innen. Ihre Kurzgeschichte in der Anthologie-Trilogie ist ihre erste Veröffentlichung, aktuell arbeitet sie an ihrem ersten Roman.

Nika Sachs ist 1987 in Frankfurt am Main geboren und lebt mit ihrer Familie unweit ihres Geburtsortes. Bereits in der Kindheit und Jugend zeichnete, sang und schrieb die vielseitig kreative Synästhetikerin. Neben Erzählungen und Bilderbüchern für Kinder schreibt sie leidenschaftlich gerne über das Komische und Unkonventionelle des Alltags.

Henriette Werner möchte Menschen mit ihren Geschichten begeistern und vom Alltag ablenken. Sie will nicht nur helle, sondern auch dunkle Flecken der menschlichen Seele aufzeigen. Geboren wurde Henriette Werner 1986 in Berlin, wohin sie nach ihrer Schulzeit in Mainz zurückging, um Sportwissenschaften und Französisch zu studieren. Seit über zehn Jahren wohnt die Berlinerin mit Freund und Kater in Wien. Dort hat sie Journalismus studiert und als Sportjournalistin gearbeitet. Aktuell schreibt sie als Fundraiserin für eine NGO. Ehrenamtlich engagiert sie sich für *Books4Life Wien*, einem sozialen Buchladen: Denn seitdem sie sich erinnern kann, ist sie verrückt nach Büchern. Als Schriftstellerin versucht sie nun selbst die ersten zaghaften Schritte zu gehen.

Herbert Glaser wurde 1961 in München geboren, absolvierte eine Ausbildung zum Elektroniker und holte das Abitur auf dem zweiten Bildungsweg nach. Seit über drei Jahrzehnten arbeitet er als Sounddesigner bei einem Münchner Fernsehsender und legt dabei fehlende Töne für die unterschiedlichsten Dokumentationen und Spielfilme an. Mit der Teilnahme an dem Online-Seminar *Kurzgeschichte schreiben* begann im Jahr 2016 seine Autorentätigkeit. Anfang 2019 veröffentlichte er seinen ersten Roman *Neustart* im Verlag tredition und ein Jahr später mit *kurz und schmerzend* die Sammlung seiner Kurzgeschichten. Mit seiner Frau lebt er nördlich von München und freut sich über drei erwachsene Kinder und drei Enkel.

Katharina Stein schreibt Kurzgeschichten, Lyrik und alles, was irgendwo dazwischen liegt. Sie ist Wahlberlinerin seit 2013 und hat das Autor:innennetzwerk *#BerlinAuthors* mitbegründet. Dort organisiert sie Events und ist Mitherausgeberin einer jährlich erscheinenden Anthologie. Nebenbei arbeitet sie freiberuflich als Lektorin und Übersetzerin und hat ihr Studium immer noch nicht abgeschlossen – typisch Berlin eben.

Vanessa Glau ist in den österreichischen Bergen zu Hause, studierte Japanologie und dann Translation in Wien und arbeitet als freiberufliche Übersetzerin für Literatur und Videospiele. Neben ihrem Urban-Fantasy-Roman *Nachtgesichter* ist sie mit mehreren Kurzgeschichten in den Selfpublisher-Anthologien von *Nikas Erben* (*Sehnsuchtsfluchten, Briefe aus dem Sturm, Herzgezeiten, Compendium Obscuritatis – Von Musen und Monstern*) vertreten.

Ela Bellcut ist ein laufendes kreatives Chaos. Mithilfe von To-do-Listen und diversen Notizbüchern versucht sie, ihr Leben als Fotografin und Autorin zu händeln. Am liebsten zieht sie sich ins Grüne zurück, verbringt Zeit mit ihrer Katze oder widmet sich ihren kreativen Ideen. Ihre schriftstellerische Tätigkeit hat sie mit Gedichten, Kurzgeschichten und Texten als Filmkritikerin für eine Onlineplattform begonnen. Aktuell arbeitet sie an dem dritten Teil ihrer Fantasyreihe: *Aderunita: Der Elfenbaum*. Im Juni 2019 ist bei Twentysix der erste Teil *Aderunita - das Seelenband* erschienen und im August zum Top Titel und Bestseller gekürt worden. Der zweite Teil *Aderunita - die Lichtelfen* erschien im Juni 2020.

Inhaltswarnungen

Flow: Erbrechen, Alkohol-Exzess, Erwähnung von Alkohol

Sophie: Ausschluss aus der Gesellschaft, Diskriminierung

The Bus of Life: Ausschluss aus der Gesellschaft, Diskriminierung, Obdachlosigkeit

Vielleicht: Erwähnung von Alkohol

Zuhause: Depression

Schlaflos: Erwähnung von PTSD, Erwähnung von Tod eines Familienmitglieds

ANTHOLOGIE

dahinter

MAGRET KINDERMANN

dahinter

Herausgeberin: Magret Kindermann

Was machst du gerade?
Niemand macht was!

Sieben Autor*innen spielen mit den Bedeutungen ihrer Geschichten. Was versteckt sich hinter den Figuren und Handlungen? Diese Anthologie ist ein herrliches Spiel mit der Symbolik!

Dabei sind:
Jennifer Pfalzgraf · Nora Burgard-Arp · June Is · Yvonne Tunnat · Liv Modes · Tino Falke · S. M. Gruber

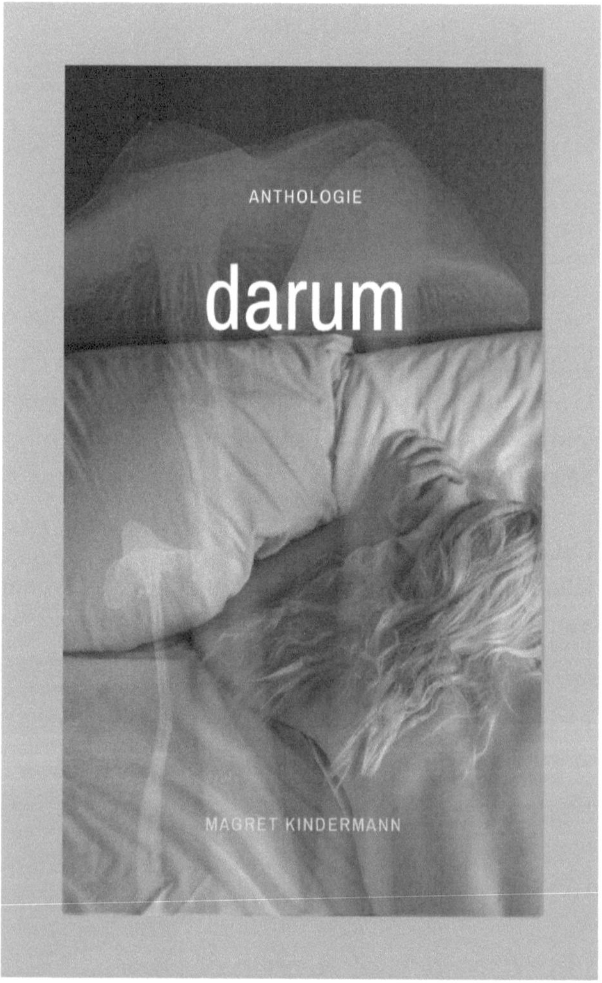
ANTHOLOGIE
darum
MAGRET KINDERMANN

darum

Herausgeberin: Magret Kindermann

Was machst du gerade?
Nichts …

Acht Autor*innen schreiben über Sex. Der Fokus liegt nicht auf dem körperlichen Akt, sondern auf den Momenten davor und danach. An was erinnern wir uns, wenn der Orgasmus längst verklungen ist?

Dabei sind:
Mirjam Kergl · Yvonne Tunnat · Helen Faust · Eva-Maria Obermann · Janina Haselbach · Jessica Iser · Kia Kahawa · Matthias Thurau